D1089546

MARIE-HÉLÈNE
AU MOIS DE MARS

roman d'amour

Données de catalogage avant publication (Canada)

Moutier, Maxime-Olivier, 1971-

     Marie-Hélène au mois de mars : roman d'amour

     ISBN 2-89031-354-9

     I. Titre.

PS8576.O983M37 1998   C843'.54   C98-940745-4
PS9576.O983M37 1998
PQ3919.2.M68M37 1998

La réalisation de cet ouvrage a été rendue possible grâce à des subventions du ministère de la Culture et des Communications du Québec, du Conseil des Arts du Canada et du ministère du Patrimoine.

Mise en pages : Sophie Jaillot
Maquette de la couverture : Raymond Martin
Illustration : Stéphane Barrette

Distribution :

Canada	Europe francophone
Diffusion Prologue	D.E.Q.
1650, boul. Louis-Bertrand	30, rue Gay Lussac
Boisbriand (Québec)	75005 Paris
J7E 4H4	France
Tél. : (450) 434-0306	Tél. : (1) 43 54 49 02
Téléc. : (450) 434-2627	Téléc. : (1) 43 54 39 15

Dépôt légal : B.N.Q. et B.N.C., 2ᵉ trimestre 1999
Imprimé au Canada

Maxime-Olivier Moutier

MARIE-HÉLÈNE AU MOIS DE MARS

roman d'amour

Triptyque

Note de l'auteur

Près des deux tiers de ce récit furent écrits alors que j'étais interné à l'hôpital Saint-Vincent-de-Paul de Sherbrooke. C'était en 1995. J'avais vingt-trois ans. À cette époque, la mort était partout. J'ai écrit ces pages en état d'urgence, sans compromis, comme pour dire une dernière chose avant de mourir, définitivement. Le jour où elles seraient lues, j'aurais disparu. Comme un mot d'adieu.

Je n'avais pas prévu m'en sortir vivant.

Trois années ont passé. Les choses ne sont plus les mêmes. Mais je n'ai pas cherché à modifier l'écriture de cette histoire du mois de mars, alors transcrite avec l'énergie du désespoir. Elle aurait perdu son sens si je l'avais fait.

Par égard aux gens de ma famille concernés par cette histoire, je tiens à préciser que je ne suis ni un biographe ni un historien. Sur du papier, je n'aurai fait que mettre les mots qui me venaient; les mots d'une histoire qui a fait ma vie. Sans me soucier de relater les intentions réelles des personnes dont je parle. Je ne m'excuse donc pas : c'est de la fiction. C'est de l'écriture. Une écriture qui m'aura servi à comprendre ce qui m'arrivait, au moment de cette mort qui était partout.

J'avoue ne pas avoir beaucoup de fierté devant le résultat. J'ignore encore pourquoi j'ai décidé de rendre publique une pareille chose, qui m'apparaît aujourd'hui tellement intime. Je crois que je ne me remettrai jamais de cette histoire, qu'il ne me reste plus qu'à vivre avec les conséquences relatives à sa publication. Peut-être aurait-il été plus sage de la faire disparaître après l'avoir dépliée. Tant pis. C'est de l'écriture. Elle doit être lue lentement.

Maxime-O. Moutier

*Il faut poser des actes d'une si complète audace
que même ceux qui les réprimeront devront admettre
qu'un pouce de délivrance a été conquis pour tous.*

Claude Gauvreau

1

Nous sommes la nuit. Il a fait beau toute la journée. Chaud aussi. Le mois de mars semble enfin vouloir se rendre. Enfin, il y a le printemps. Les policiers m'emmènent ici. On me dit d'attendre. J'attends. J'ai laissé Marie-Hélène en pleurs, assise sur mon lit, en pyjama. Elle était comme ça lorsque je l'ai vue pour la dernière fois. Les pieds nus, les jambes croisées, le visage tout rouge et tout mouillé, son regard très bleu qui m'a soutenu jusqu'à la dernière seconde. Son regard encore dans le mien.

Je rencontre d'abord un homme. Je vois de la gentillesse dans ses yeux. Il va me garder enfermé ici jusqu'à demain matin. Il m'explique qu'il est obligé de me demander de changer de vêtements. Je pleure beaucoup. Je crie presque. Je me tire les cheveux, me frotte le cou. Ma trachée s'est rapetissée; le souffle, jusqu'à mes poumons, passe plus difficilement. Les choses changent, mais ne progressent pas. L'homme repart. Je ne suis plus comme il y a une heure. Rien n'est pareil.

La porte se referme, un loquet bruyant se bloque. Je m'assois sur la seule chaise que je vois à mes côtés. Voilà tout ce qu'il y a dans la pièce : la chaise, et moi. Je pense à chez moi. Je pleure. Je ne cesse de pleurer. On me surveille avec des caméras. Impossible de les atteindre. Sinon, il n'y a rien. Aucun interrupteur, aucune poignée de porte. La pièce est entièrement vide. Je suis presque nu. Étourdi, je m'écrase par terre.

***

Il sera bientôt quatre heures du matin. J'ai peur. Peur de déranger. Peur de ne pas entrevoir toutes les conséquences que comporte ma présence ici, dans cette pièce. Je sonne. Une petite ampoule au mur s'allume, puis s'éteint. J'attends. Un peu de nervosité s'empare de moi. Je tremble. Personne ne vient. Voilà deux heures que j'attends pour avoir de l'aide. Je veux parler à quelqu'un d'intelligent qui saura me poser les bonnes questions. Mais je ne me sens pas la force de l'exiger. Je sonne de nouveau. Les minutes s'éternisent. Une femme en uniforme blanc ouvre finalement d'un centimètre. Je la dérange. Je lui demande de m'excuser, explique que je m'ennuie, que je n'arriverai pas à dormir. Je le sais, c'est tout. Sévèrement, comme une maîtresse d'école, elle me rappelle l'heure, précise également qu'il n'y a rien d'autre à faire à une pareille heure de la nuit, puis referme.

La lumière blanche s'éteint. Je me retrouve dans le noir. Elle voulait m'enseigner que tout le monde, dans la ville, dort à cette heure-ci. Je rage, je sonne encore. Une autre dame vêtue de blanc s'approche. Je veux m'en aller. Elle voit ma colère. Je me dépasse, donne un coup de pied sur la chaise. Elle me trouve agressif. Ses mots me reprochent d'être aussi violent. Elle ne décode rien. Je ferme les poings, fais entrer mes ongles courts dans mes paumes. On m'entend. On m'entend parce qu'il y a de l'agitation. Bientôt, trois autres personnes arrivent. Je me tiens au fond de la pièce, le dos au mur. Je suis prêt à bondir. Eux aussi.

Je pleure, les mains au visage, le corps plié. Je ne suis pas un imbécile, que je leur dis. Je ne suis pas venu ici pour me faire dire que tout le monde dort à quatre heures de la nuit. Je leur crie que je sais parfaitement pourquoi on me garde enfermé. Et que je sais parfaitement que tout le monde dort, la nuit, sauf moi. J'insulte l'autre conne de tout à l'heure. Je parle fort. Je répète que je veux partir d'ici.

Mais mon sort est désormais entre les mains de ces gens. On arrive parmi eux comme on va n'importe où, mais on ne s'en défait pas du jour au lendemain. J'oublie cette logique. Je leur parle des images qui me hantent, des scènes qui me font hurler. Je demande qu'on m'enlève le cerveau. Je ne veux plus les voir, ces scènes. Je suis déjà épuisé de les avoir tout le temps dans la tête. Je donnerais tout mon avenir pour vivre une semaine sans elles. Les infirmiers me regardent. Je crois qu'ils ne comprennent pas bien. J'essaie de leur expliquer, mais ils décident que je suis trop agité. J'abandonne l'espoir qu'ils m'écoutent.

Je les supplie de faire quelque chose, de me venir en aide. Je veux mourir. Voilà en outre une des choses qui se font très bien la nuit. Spécialement à quatre heures du matin. On me tend un médicament. Je veux parler à quelqu'un, le plus vite possible. Les mots sont là. Il me faut les prononcer immédiatement. Je crains de ne plus pouvoir le faire demain. J'avale le comprimé.

Le médecin va me rencontrer dès huit heures. Si le budget le permet. On me le promet. Je n'ai pas confiance. Il reste encore quatre heures. Un siècle. Je dois essayer de dormir. C'est obligé. Je n'ai qu'un drap blanc, une civière qu'on vient de faire entrer. J'ai eu froid, puis chaud. Maintenant je suis désespéré. Je ne le cache pas. Je veux repartir. Je veux m'enfuir. Prendre un bain, les veines taillées, les poignets défaits, l'eau chaude qui se gaspille en abondance. Et le sommeil enfin.

2

Il est un peu plus de 10 h lorsqu'un psychiatre me voit pour la première fois. J'ai dormi comme un mort, soûl de ma soirée d'hier. Je suis d'ailleurs encore un peu ivre : la gorge sèche et la tête lourde. L'homme s'installe aussitôt à son crayon, sans se présenter. Il se flanque sur une chaise, sans me regarder. Il est d'une humeur massacrante. Il me demande deux ou trois choses. Il parle vite, entasse une dizaine de mots sur une feuille de papier. Comme si quelque chose de plus important le pressait. Il a de petits cheveux gris, coupés court, une chemise à cent cinquante dollars et une cravate à quatre-vingts. La vie le bouscule. Son métier lui demande sans doute beaucoup de souffle. Il doit avoir besoin de vacances, comme tous les médecins.

Je suis diagnostiqué, comme ça, en quelques secondes : dépressif profond; risques suicidaires. Après l'urgence, on m'admet parmi les patients du département de psychiatrie pour un temps indéterminé. Je me laisse entraîner par un infirmier jusqu'à l'ascenseur. Nous nous rendons ainsi jusqu'au troisième étage de l'annexe B, mais je ne peux pas le jurer. Je pense toujours à Marie-

Hélène. Je ne fais que ça. Je pense à elle qui s'est laissé faire, pour se venger de moi. Le soir où elle y a mis toute son ardeur, toute sa science de femme. Le soir où elle lui a fait ce qu'elle ne me fera jamais plus. Le soir où, à ma place, un autre est venu.

Quelques heures auparavant, pourtant, on s'était embrassés, Marie-Hélène et moi. Elle s'était approchée de moi, m'avait pris les mains et, pour faire une belle image, elle m'avait embrassé doucement. Elle avait dû me dire mille fois qu'elle m'aimait. Je n'ai rien vu, ne me suis douté de rien, comme lorsqu'on a cinq ans et qu'un poids lourd nous passe dessus, alors qu'on était innocemment en train de jouer sur la route avec notre cerf-volant.

Il l'a ramenée chez lui. Sans baratin, il l'a soûlée, soigneusement déshabillée... pénétrée à quelques reprises, un peu maladroitement, puisque c'était la première fois. Elle lui a fait une longue fellation. Il a éjaculé dans sa bouche. Elle a tout avalé, comme une grande fille. Comme si c'était de la tequila. Comme pour être une femme. Une femme gratuite et sans orgueil. Une de ces femmes dont on retrouve le portrait détaillé dans le *Châtelaine* du mois dernier, fière et indépendante. Une dernière femme, survivante, dans l'arrière-fond d'un siècle qui s'éteint.

Puis une heure s'est écoulée, tandis que la chambre reprenait peu à peu ses esprits. La chambre étroite de ce coin de centre-ville, tout près des bars. En pleine nuit noire. Avec le froid de mars, de ce putain de mois de mars qui ne semblait pas vouloir abdiquer. Le type l'a remerciée. Et elle, elle était contente. Contente d'avoir bien fait.

J'étais ailleurs, avec François. Je pensais à Marie-Hélène. Je l'aimais, je me souviens. Je voulais tout reprendre, lui demander de venir vivre de nouveau avec moi. J'ai téléphoné chez elle pour le lui dire. J'étais un peu nerveux. J'ai laissé ma voix sur le répondeur. Il devait être 22 h. François a commandé quatre autres bières. Faut dire que nous avions très soif.

3

Quatorze mars 1995. Le matin, je suis admis chez les fous. On n'a même pas eu besoin de demander la permission à mes parents. Je veux bien rester ici. Déjà mon ivresse me fait revoir avec précision toutes les fois où mon amoureuse a essayé de me mentir. J'en répertorie des centaines, évidemment. Des mensonges qui s'agitent tout autour de moi. L'histoire de toute ma vie se soumet tout à coup aux lois d'une nouvelle logique. J'analyse pratiquement chacun des jours passés auprès de Marie-Hélène et je me rends compte que j'ai bien fait de téléphoner aux policiers. Je réussis à me tenir debout et pourtant je m'étale. J'ai mal au ventre. Quelque chose a crevé. Une infection se répand en moi. Une bactérie dévoreuse de cerveau s'installe. Tous les organes sont systématiquement attaqués.

On me présente Conrad, un patient qui a récidivé. Puis quelques autres. On me dit des prénoms. Impossible de les retenir. Tout ce qui inonde ma pensée, tout est trop important pour laisser place à la moindre information nouvelle. Les portes sont bloquées. Plus rien ne passe. Depuis hier soir, le goût du somnifère m'enrobe tout l'intérieur de la bouche. Je vais probablement devoir m'y habituer.

Une dame reste près de moi depuis mon arrivée. Deux hommes vêtus de blanc suivent à quelques pas de nous. La dame se présente, souriante. Je lui demande de redire son prénom. Deux fois. Puis j'oublie. Je ne sais pas ce qu'elle fait ici; si elle travaille ici ou quoi. J'oublie également tout ce qu'on m'indique concernant le déroulement de la vie sur cet étage : les règlements, les heures des repas, la douche. J'oublie tout. Je n'ai pas le temps de me rappeler.

On me donne une chambre. À gauche, un lit métamorphosable en divan. Une couverture orange le recouvre. Encore à gauche, un petit bureau, puis de l'autre côté, une chaise de plastique, un lavabo, une garde-robe, un miroir et un porte-serviettes. Madeleine s'installe sur la chaise. Je m'assois sur le divan-lit, un peu raide. Elle me demande si j'ai l'intention de m'évader. Je réponds que non. Si je veux mourir. Je dis oui, sur le même ton. Un infirmier arrogant fouille le sac dans lequel j'avais pris le temps d'entasser quelques vêtements avant de quitter mon appartement, avant l'arrivée des policiers. Je le regarde faire, sans parler. Je ne parle pas, je dis la vérité. Rien ne m'intéresse plus que la mort. C'est un projet, une rémission qui scintille au loin. Un rêve que je caresse. Des vacances. La mort, puis, au réveil, le désir fou d'une seconde vie. Un rêve de vacances en montagne, à quelques kilomètres à peine d'une plage où l'on irait se faire dorer.

À côté, donnant sur un petit corridor un peu en retrait, se trouvent les cellules capitonnées. J'entends des cris de femmes. Plusieurs cris, de plusieurs femmes, provenant de ces pièces. Elles y sont enfermées. Des bruits de bagarre viennent aussi de ce côté. On frappe. La femme qui crie s'épuise maintenant à cogner dans la porte et dans les murs. Elle crie, jure, hurle pour qu'on la délivre. Elle s'étouffe avec sa salive. Je ne la vois pas. Les cris reprennent. Des infirmiers accourent vers le corridor d'où semblent provenir les plaintes. La femme se fait défoncer le thorax à coups de lourdes bottes doublées d'acier. J'entends hurler, des os se rompent. Madeleine fait semblant de rien. D'autres infirmiers arrivent en renfort, armés de matraques, de fil de fer et de tondeuses à cheveux. Je les vois défiler par la porte de ma chambre. Madeleine, toujours en face de moi, ne dit rien. Elle attend que cesse le combat entre la femme et les infirmiers. Le bruit froid des chaînes rouillées, d'une jeune femme que l'on étrangle, et du sang giclant sur les murs s'estompent graduellement. Quelques faibles gémissements persistent. Mais ceux-ci s'apaisent enfin. En très peu de temps, trois ou quatre secondes, la femme s'est miraculeusement tue, d'un coup sec.

Le calme est revenu, comme une bombe.

On me présentera cette femme ce soir, ou demain. Parce qu'elle est dangereuse, paraît-il, violente et impulsive, et qu'il vaut mieux être prévenu. C'est ce que vient de m'expliquer Madeleine. «Il peut être dangereux d'essayer de la regarder dans les yeux, rajoute-t-elle avec un sourire de religieuse. Tu ne dois jamais le faire, même si elle cherche à te parler. D'accord? C'est la condition. Pour ta sécurité ainsi que celle des autres bénéficiaires.»

Madeleine me parle encore un peu des règlements d'ici. Ils sont simples. Ne pas se disputer. Coopérer. Revenir à ma chambre si on me le commande. Ne pas résister.

Je l'écoute sans la regarder. Je veux prendre une douche. Je n'ai que ça en tête : une brusque envie de me laver, de me frotter partout avec une débarbouillette de sorte qu'il ne reste rien de la soirée d'hier. J'ai l'impression de sentir mauvais. Je voudrais me frotter avec une feuille de papier sablé et de l'eau de Javel; de l'eau de Javel non diluée. Je me mets à sangloter. Pour rien.

On me conduit à la salle de bains. Une serviette blanche. Je me lave, tandis qu'un infirmier attend derrière la porte. L'eau chaude, les yeux fermés, mon corps nu, un savon sans parfum que je fais glisser. Le bruit de l'eau sur le carrelage, comme un orage.

4

Toujours, partout, le bruit d'une télé résonne en un incompréhensible bourdonnement. Où que l'on soit, le bourdonnement est là. Je reste presque tout le temps dans ma chambre. Dans deux jours tout au plus, on va me permettre de participer aux activités. Cet après-midi par exemple, un groupe est sorti chercher du café et des gâteaux, en face, chez Tim Horton, de l'autre côté de la rue King. Je vais pouvoir y aller moi aussi, mais pas tout de suite. Je fais encore partie de ceux qui viennent d'arriver. Pour le moment, il faut m'évaluer. On me surveille alors avec méthode et minutie, on me jauge. On prend de nombreuses notes. On devine, spécule. Je m'en fiche. D'autres tracas plus importants consument le peu de paranoïa dont j'ai besoin pour survivre. Des tracas et, déjà, en une brise fraîche, des solutions.

Je m'estime content d'avoir pu me retrouver ici en si peu de temps, bien au chaud, au cœur de cet hôpital. J'oublie le monde : mes faux amis, l'université, les cours, le téléphone, l'argent, tout... sauf Marie-Hélène. Marie-Hélène et cet individu dont je ne vois que l'ombre, mais une ombre en trois dimensions. Le 500 millilitres de Southern Comfort volé à la Société des alcools en après-midi, le divan que le garçon a rapidement déplié à la suite de quelques caresses faciles et pressées, une boîte de Kleenex à portée de main, le film interrompu. *La Reine Margot* : l'histoire de cette reine qui se fait sauter par n'importe qui au milieu de ruelles pleines de cadavres. Un truc rempli de sang, à gros budget cette fois. Le film pour le prétexte. La chambre, soudainement plongée dans le noir. L'épreuve que je subis sans y être inscrit, et que je cale lamentablement. Loin de là, en retraite. Comme un pauvre conard enroulé sur lui-même, au nom de l'amour d'une femme, ou quelque chose du genre. Comme un bel imbécile.

5

François vient me rendre visite tel que convenu à 19 h. Son sac à dos a été méticuleusement fouillé, lui aussi. Il m'apporte enfin les vêtements propres que je lui avais réclamés. J'en profite aussitôt pour me changer. J'enlève la chemise de mon pyjama, passe un t-shirt. Il m'explique avoir téléphoné aux professeurs du département pour les prévenir de mon absence, et prendre des dispositions concernant les travaux de mi-session. Il a donné des détails à ceux qui l'ont demandé.

Je lui montre mes chaussures. On leur a retiré les lacets. Je n'ai plus de ceinture non plus. Ce sont les précautions d'usage. François est là. Il change de sujet. Je perçois son malaise. Embarrassé surtout de me voir, moi, son meilleur ami, dans ce pitoyable état. Je n'ai pas envie de lui parler, mais je souhaite tout de même qu'il reste un peu. C'est important qu'il soit là. Il me raconte n'importe quoi. Je le regarde faire avec fascination, sans vraiment l'écouter.

En se levant ce matin, François est descendu acheter le journal chez le dépanneur d'en bas. Il l'a lu presque en entier. Sur un petit bout de papier, il a noté des faits divers piqués au hasard. Une dizaine d'événements : l'invention d'un robot qui va bientôt jouer du piano, les bonnes critiques à propos du dernier film de Binamé, l'opinion de Foglia sur le je-m'en-foutisme des étudiants du secondaire. François s'est ainsi préparé des sujets de conversation, ou simplement des choses à dire, pour meubler l'éventuel silence. Il savait que l'air d'ici lui pèserait, que la situation au grand complet, de toute façon, l'avait déjà dépassé. C'est pour cela qu'il s'est préparé des petits papiers.

Durant deux heures, sans arrêter, **François parle**. J'en perds de très longs bouts. **J'ai des images, encore.** Les images. Elles arrivent **subitement, comme une cavalerie dans la vallée**, et prennent tout ce que j'ai, sans même me laisser le temps de sonner l'alarme. Elles arrivent par derrière, comme un poignard, comme un étrangleur de grandes villes, comme une balle perdue. Je suis un peu étourdi. François me pose une question. Je ne comprends pas ce qu'il dit. Je m'agrippe à la chaise, réponds : «oui», glacé. Je le vois qui commence à s'effrayer. Je tente maladroitement de le rassurer. Je m'efforce de lui demander des nouvelles des amis; pour qu'il me livre des faits nouveaux dont je vais me ficher éperdument. Ma tête repart. François le sait. Il se rend compte que quelque chose ne va pas. Il reste tout de même, continue de me parler, un peu plus nerveux. Il commente la couleur des murs blancs de ma chambre. Vides. Les rideaux bruns, faussement tissés, l'étroitesse de mon lit. Il ne s'arrête pas, à cause de l'âpreté du silence. Il parle à toute vitesse. Il mélange tout et rien. François est très poli, gentil et correct avec moi. Comme il l'est toujours avec les amis qui passent de mauvais moments. C'est le genre de gars que les filles vont retrouver après une peine d'amour. C'est le type de gars qui est toujours là pour écouter, consoler, faire semblant de comprendre et toujours être d'accord. Il est capable de dire n'importe quoi pendant des heures et des heures, même des absurdités, pour ne pas que l'angoisse nous envahisse tous. Je le vois faire, patient. Il a beaucoup de talent. Il reste jusqu'à 21 h. Je voudrais depuis longtemps qu'il soit parti. La gentillesse qu'il déploie me fatigue. Je n'ai pas la force de lui faire croire que sa présence me fait du bien.

J'ai besoin de parler, mais je ne sais pas de quoi. J'ai besoin que quelque chose sorte, le diable, Satan, ce truc qu'on enlevait autrefois à l'aide d'une trépanation. Je voudrais être délivré. Amen. J'ai besoin de parler, ou de dormir. Je suis épuisé. Je pense à Marie-Hélène, chez elle. Marie-Hélène qui n'a rien vu. Marie-Hélène, surtout, qui ne m'a pas encore téléphoné.

La cloche annonçant la fin des visites résonne au bout du long couloir. François s'en va. C'est l'heure.

C'est également l'heure du silence de la soirée, des lumières tamisées dans les corridors. L'heure durant laquelle nous avons tous, plus que jamais, besoin d'être entourés. Mais il n'y a personne. Il n'y a que le mur. Il n'y a personne et, bien entendu, rien de prévu dans les manuels pour les soirs comme ceux-là. Rien de prévu contre les femmes comme Marie-Hélène. C'est la méthode des psychiatres. La mort qui ne vient ni tout de suite, ni comme je le souhaitais. Qu'à cela ne tienne. Il y a la mort, ici, maintenant, à feu lent. C'est la façon de faire, mais personne ne le sait.

6

Je suis étendu sur mon lit. J'ai de nouveau mal au ventre. Une émotion de bord de falaise me commande à présent de me tranquilliser, pour ma survie, pour la survie de mon corps. Je limite mes mouvements. Je respire calmement. Je fais des économies, je me sens surtout ridicule. Je refuse de continuer de vivre dans ces conditions. Et l'éventail des choix est mince. Si je dois oublier Marie-Hélène, je sais que tous mes souvenirs resteront collés à cette époque. Un peu comme on garderait le souvenir de l'Europe des années 30 si l'Empire allemand ne s'était pas subitement effondré un soir de juin. Un souvenir, amer. Comme l'époque de Marie-Hélène.

Pourtant, les choses vont se poursuivre. Les joies de l'avenir, à elles seules, comme ça, toutes crues, n'arriveront jamais à supprimer ce genre de douleur. Même lorsque arrivent de nouvelles amours, avec des enfants, des années de prospérité ou d'autres tristesses; non, on ne se remet jamais complètement de ce genre de douleur. Parce qu'il s'agit d'une douleur. Du moins je le pense.

Marie-Hélène va terminer sa vie ailleurs, dans un autre lieu, avec un autre bonheur, près d'un autre, et toujours le bruit de mon prénom lui rappellera ces sales moments. Je ne veux pas. Je voudrais autre chose. Un peu de confort sans doute, la sécurité dont Marie-Hélène me parlait, je me souviens, avec cette légèreté dans la voix, quand on s'inventait des projets sur l'avenir, avant de s'endormir. Marie.

***

Je ne vois pas comment on pourrait reprendre la vie entamée, Marie-Hélène et moi, en faisant comme si ce séjour en psychiatrie n'avait jamais eu lieu. Si nous étions mariés, je demanderais le divorce. C'est ainsi pour tous les fous. Ils perdent leurs amis, finissent leurs jours entre fous, tout aussi bien diagnostiqués les uns que les autres, jusqu'à la fin des temps. L'internement, c'est la conséquence, ce qui trouble le reste, qui fait que plus rien ne sera comme avant. Ni la nuit, ni les soirées, ni la famille entre les repas, ni rien. On ne peut plus vivre sans les antécédents psychiatriques. On peut essayer, mais c'est difficile. Difficile, également, de faire comme si notre père ne buvait pas, comme s'il n'avait jamais touché de chômage, comme s'il n'était jamais rentré soûl. On peut essayer. On peut essayer de faire comme si personne n'a jamais été schizophrène, n'a jamais pris de pilule contre la paranoïa. C'est la vie qui change de forme. Dehors, on ne reconnaîtra plus rien.

C'est le suicide, ce sont les meurtres aussi, qui changent le monde. Ce n'est pas la Croix-Rouge, sauf lorsqu'elle se trompe de tuyau et qu'elle nous envoie du sida plutôt que de nous envoyer du bon sang tout frais. Ce n'est pas le conseil de sécurité, ce n'est pas la télé. Ce qui change le monde, ce sont les rendez-vous ratés, les promesses oubliées, les balles perdues et les ambulances. C'est tout.

Les mêmes images que celles d'hier, à quelques variantes près, me terrorisent de nouveau. Je suis mal. Atterré. Je vois Marie-Hélène en train de fondre sous lui. Son visage qui a du plaisir. Ses doigts sur son dos. Je pleure. Toutes les choses se déplacent. Je veux m'arracher les cheveux. Je n'ai rien d'autre à détruire.

Je me lève. Difficilement. Je marche un peu, tourne en rond dans la chambre, de plus en plus effaré. Les murs se rapprochent, se resserrent. Mon visage est plissé de partout. Je veux frapper. Je saisis une chaise, m'assois, m'affale, les muscles tendus. Je veux chasser ces images. Elles sont là, impudentes, elles restent un instant, disparaissent, puis reviennent avec plus de vigueur, plus nettes que jamais. J'ai le ventre qui se braque. J'ai les mains qui cherchent. Elles veulent arracher quelque chose. Ces mains, hachées, coupées mille fois à la scie circulaire.

Quelqu'un frappe à la porte. Le dîner. Un grand plateau compartimenté rempli d'un bout de jambon en carton et d'un petit tas de purée à saveur de plâtre à mouler. Des ustensiles de plastique. Un carré de margarine à étendre sur un bout de pain. Et toujours du thé. On me surveille.

Une demoiselle est venue me parler tout à l'heure. Véronique. Une étudiante en médecine. Une stagiaire pleine d'ambition. Elle me pose une première question, puis une autre. J'y réponds machinalement. Je lui dis qu'elle est belle. Ce qui manifestement la gêne. Elle est vraiment belle. Durant la rencontre, je suis demandé au téléphone. Je ne peux pas y aller. Je dois rester pour la séance de questions. C'est peut-être Marie-Hélène qui cherche à me joindre. Elle se sent mieux, je présume. Elle a dû dormir, cette nuit. La fatigue, en un instant, l'a sûrement emportée. Moi, privilégié, j'avais les somnifères.

Je ne m'ennuie pas de Marie-Hélène. Je n'ai ni le temps ni le courage de me remémorer les bons moments. Il n'y a que cette image qui demeure : elle, lui, l'un sur l'autre, en sueur, les joues roses, à jouir de façon abstraite, à s'aimer sans amour. Ils sont là, que je le veuille ou non. Cela m'est imposé. Je n'ai pas le choix. Comme pour les repas. Comme pour le thé.

Je reviens à la stagiaire. C'est à mon tour de lui poser des questions. Sur elle, son avenir, ses projets d'étude. La psychiatrie, elle trouve cela difficile. C'est drôle, moi aussi. Je lui dis que je veux y consacrer ma vie. Elle me sourit, m'encourage comme une mère qui ne sait pas ce qui attend son fils. Je l'admire. Elle aussi, il me semble, à cause de l'assurance que je feins conserver quand je réponds à ses questions. Elle me parle de sa vie avec son copain, après avoir écouté le récit de la tempête d'hier soir. Je lui ai raconté Marie-Hélène. Et en toute indifférence, professionnellement, elle m'entretient maintenant de sa vie de couple. Je pense que c'est pour oublier ce que je viens de dire. Elle pousse la parodie jusque-là. C'est à cause de mes questions. Je voulais savoir. À vrai dire, je ne croyais pas recevoir de réponses. C'était pour encore la voir intimidée. La gêne la rendait si belle.

Véronique insiste subitement pour que l'on revienne à moi. J'esquive et m'intéresse de nouveau à elle. Je lui demande combien de temps il me faudra, à son avis. La question m'est relancée. Je ne sais pas. Je ne veux qu'une chose, peu importe le coût et le temps nécessaires. Je veux que les images cessent de me tourmenter. Je veux que Marie-Hélène meure d'une hémorragie interne, qu'elle se dessèche sur place. J'ai des mois pour y arriver, des années. Alors seulement le passé sera terminé. Les images se déferont sans doute au fil des prochains jours. Je ne sais pas si Véronique comprend ce que je suis en train de dire.

Pour tout de suite, je dois dormir. Survivre, sans idées sur le monde, sur les relations ou les torts mutuels, la faute et la culpabilité, les pleurs qui trahissent, les crises qui avouent, l'incompréhension et les mensonges, les mensonges qui sauvent, ceux qui épargnent. Un jour, je me dirai que Marie-Hélène n'en valait pas la peine. Un jour. Pas tout de suite.

Je serre une main. Véronique repart. Elle reviendra demain pour m'ausculter. Si je n'étais pas aussi faible, je crois que j'aurais hâte. Je dis merci. Elle baisse les yeux. Une première nuit se présente.

7

Conrad a eu quarante-sept ans la semaine dernière. C'est la seconde fois qu'on l'interne. Chaque fois, il reste de six à huit mois. Impossible de le réinsérer socialement avant que la crise ne soit passée : il est trop fou. Il est capable de devenir violent et de sauter au cou de n'importe qui. On est allé marcher lui et moi tout à l'heure, d'un bout de corridor à l'autre. Il m'a raconté son histoire, l'histoire avec laquelle il est arrivé ici. La première fois, c'était à cause de son don de télépathie qui lui permettait de tout entendre, tout le temps, ce que les gens pensaient de lui. Cette faculté lui était apparue très tôt, quand il était encore enfant, mais plus les mois avaient passé et plus le don s'était amplifié. Progressivement, une fois l'adolescence terminée, il est arrivé à intercepter jusqu'aux pensées des gens qu'il ne connaissait pas, à des distances de plus en plus longues, avec une capacité formidable d'assimiler toute l'information reçue. Rien de lui ne s'échappait, il retenait tout.

Un jour cependant, Conrad s'est aperçu que des agents secrets gouvernementaux avaient repéré son don très développé. Ils ont alors commencé à le surveiller de loin, vingt-quatre heures par jour. La situation était devenue insoutenable puisque Conrad n'a jamais cessé de les entendre durant toute la filature. Les agents se relayaient constamment et le suivaient dans tous ses déplacements, notant jusqu'à ses moindres battements de cils. Un jour, avec leur technologie haut de gamme, ils ont réussi à se brancher directement à l'intérieur du cerveau de Conrad durant son sommeil, le rendant ainsi plus vulnérable. Là, ils ont fait ajouter leurs propres voix à ses pensées. Ensuite, lorsque Conrad pensait une chose, une autre voix la répétait à tout le monde. À partir de là, Conrad s'est senti traqué comme un rat de laboratoire.

Toutes ses pensées étaient enregistrées sur une bobine pour être aussitôt analysées par des experts gouvernementaux. Il était devenu la cible de ses propres pensées. Chacune de ses paroles et pensées était examinée par des scientifiques de tous les pays. Sa vie devint alors intenable. Il perdit de grands bouts de réalité. Conrad entendait les voix parler de lui et le ridiculiser comme s'il n'était qu'un bout de charogne au fond d'une bouche d'égout. Après une semaine d'intense surveillance, atteint d'un violent et subit mal de ventre, Conrad n'a plus été capable de se nourrir.

Au début, il n'a rien dit au docteur à propos des voix. Il n'a mentionné que son mal de ventre. Mais durant les tests qu'on lui fit subir à l'urgence, Conrad entendit une voix lui dire que, dès sa sortie de l'hôpital, il serait liquidé afin qu'il ne puisse pas servir de témoin dans cette affaire. Une affaire de procès contre le puissant gouvernement des États-Unis. Aussitôt, sans pouvoir se retenir davantage, il expliqua à l'infirmière en service qu'il devait être protégé, car des agents, postés devant l'hôpital, attendaient sa sortie pour le tuer. Le lendemain matin, il était admis ici, en psychiatrie externe, à ce même étage, pour un temps indéterminé. Comme moi. Les médicaments qu'on lui administre ont pour objet d'éteindre toutes les voix. Mais des fois, elles reviennent. Et Conrad doit se présenter de nouveau à l'hôpital.

8

Marie-Hélène s'est attachée à l'idée que je la dési-
rais moins. Elle aurait pu choisir de parler sans que je
l'écoute, pendant des heures, des nouvelles couleurs
de rouge à lèvres chez Revlon; ou me faire la morale sur
l'emploi du papier aluminium pour protéger les ronds
de la cuisinière. Mais elle a préféré faire autrement. Elle
a préféré jouer à la femme. On ne faisait plus l'amour
tous les jours. Je ne sais plus très bien pourquoi. Je
souffrais, il me semble. Il me semble que je souffrais.
De n'être pas né à une autre époque, de ne pas savoir si
je réussirais, un jour, à me passer de drogue pour commencer ma journée : je souffrais. Il a fallu que Marie aille
se livrer à un autre homme. Pour voir si elle en était capable. Elle est partie, les yeux fermés, les poings serrés,
avec ses idées de femme derrière la tête, sans me dire à
quelle heure elle comptait rentrer. Sans me dire si je
devais ou non lui laisser une clé dans la boîte aux lettres. Sans me dire si je devais laisser allumé dans les
escaliers. J'avais oublié que rien au monde ne pouvait
empêcher une femme d'aller voir ailleurs, que même
l'amour ne pouvait l'empêcher d'en arriver là. Marie-

Hélène l'a fait, ailleurs, sans trop forcer. Elle en a été capable.

Je suis resté là, planté dans mon corps, tenu à l'écart de leurs ébats. Je veux tuer ce mec qui n'a eu qu'à bander sur ma femme. Je suis jaloux. Je suis exagéré. Je me trouve imbécile. Pourtant, si j'avais des enfants, je serais capable de les tuer. Je ne vois aucune limite à ce que je me sens capable de faire. Si j'avais un emploi, je m'arrangerais pour le perdre; si j'avais des enfants, je leur trancherais la gorge, en trois secondes, avant d'essayer de me faire sauter la cervelle; si j'étais dans un avion, je le détournerais. C'est pour cette raison, en partie, qu'on me garde sous surveillance.

***

François est encore venu me rendre visite il y a une heure. À l'entrée, ils lui ont confisqué le rasoir et les lames dont je lui avais parlé. Évidemment. Ils ont également conservé le sac de plastique pour ne pas que je m'étouffe, mais il a pu garder les biscuits. C'est en effet plutôt difficile de se suicider avec des biscuits. À moins peut-être de se les enfiler un à un dans le fond des narines jusqu'à ce que mort s'ensuive, et encore.

François est informé qu'il ne pourra plus venir l'après-midi. Les heures de visite débutent à 19 h et se terminent à 21 h, tous les soirs. Pour tout le monde. Il s'est excusé. Il a tout de même pu rester cette fois-ci, une trentaine de minutes. Il est souriant. Je le sens encore embarrassé, troublé que je sois là, dans sa vie, en plein milieu de ses journées, et de ne pas savoir quoi faire. Il vient quand même. Il reviendra ce soir.

Jacques, un professeur de littérature de notre super département d'Études françaises, est venu, plus tôt, me porter un café. François lui a dit ma souffrance de ne pas pouvoir boire de bon café. Il est reparti presque aussitôt pour aller retrouver son amie qui gagne sa vie à Ottawa, ou à Toronto, je ne sais plus. Il se rendait prendre l'autobus au terminus du centre-ville et il est monté me voir en passant. C'est François qui l'a contacté ce matin pour lui dire que je ne serai pas à son cours mardi prochain. Je crois que j'ai pleuré, un peu, en le voyant arriver. Mais il n'a pas dû s'en rendre compte. Je n'entendais plus rien. J'ai pleuré de savoir que quelqu'un comme lui pouvait se soucier de moi. Pour rien, sans espérer recevoir quelque chose en retour. Jacques n'est pas resté longtemps. Je sentais qu'il voulait à peu près me montrer qu'il me soutenait. En même temps, je sentais qu'il avait peur que je m'accroche, que je commence à lui raconter ma vie. Je crois qu'il n'aurait pas su négocier avec un cas comme le mien. J'ai bu un meilleur café que celui de ce matin. J'étais heureux. Content de ne pas avoir eu à le demander.

Je vais mieux. Depuis une heure, je me porte mieux.

Je ne sais pas combien de jours je vais devoir rester ici. Je marche. Un jeune homme arrive vers moi en pleurnichant. Il a les bras couverts de tatouages. Des filets de morve tombent de son nez. Il pleure, pareil à un enfant de trente-cinq ans. Il me barre le chemin. Je m'arrête. «Ma mère est morte, dit-il. Elle est morte d'une crise cardiaque. C'est pour ça que j'ai pris de la drogue pendant dix ans. C'est pour pas avoir mal.» Je suis bloqué devant lui. Je ne dis rien. Il est tout boursouflé, prêt à exploser devant moi. À point pour éclater et en mettre plein les murs. Je pourrais au moins poursuivre ma promenade. Sa présence m'importune. La souffrance des autres me donne envie de tuer. La souffrance des autres me donne envie de me percer les tympans avec un cintre. Afin de ne plus rien entendre. J'étais sorti marcher et me voilà piégé par un désespéré qui dégouline de partout. Il chiale sur tout ce qui lui vient à l'esprit. «Mon père, lui, y est jamais venu me voir à l'hôpital. Ma mère, elle avait le cancer généralisé, pis elle venait quand même avec son auto. Quand elle est morte, j'étais encore au Pavillon Fleury. Ça fait deux ans que je prends plus de drogue et pis j'ai jamais eu de visite. Même pas mon père, même pas mon frère.» Il me postillonne son histoire au visage. Je n'écoute plus. C'est un débile. Il fond au fur et à mesure qu'il parle. Dans deux minutes, on va devoir le ramasser avec des éponges et des serpillières. Pour l'instant, il ne veut pas s'enlever de mon passage. Et j'ai envie de lui arracher la tête.

Un infirmier poilu surgit. Il vient le chercher : «Allez, Alain, cesse de déranger le nouveau. Viens, c'est l'heure de la cigarette...» Alain se laisse emmener, le cou brisé, la chemise couverte de bave, la bave dégoulinant sur le parquet. J'imagine l'infirmier le guider jusqu'à la cuisine de la cafétéria. C'est là que se trouveraient le grillage, les bandelettes de cuir et la dynamo. On irait y faire rôtir Alain de temps en temps, l'espace d'une heure ou deux, question de lui faire bénéficier gratuitement d'une autre vision du désespoir.

Quand je serai directeur d'hôpital, il y aura des tonneaux de vin dans chaque chambre. Et les infirmières travailleront toutes nues, avec des espadrilles aux pieds. On fumera des joints pour le souper et on pourra faire cuire des enfants à la cocotte minute. Dans le salon, on fera des feux de camp tous les soirs et on mangera des schizophrènes comme on s'enfile une guimauve. J'engagerai des punks pour venir jouer de la musique. Il y aura un gros barbu qui fera des tatouages sur tout le monde et des p'tits cons pour dessiner des graffiti partout. De cette manière, on fichera la paix aux contribuables. Et tout le monde s'en réjouira. On nous fera parvenir des revues cochonnes, comme on envoie des quatre roues motrices aux Indiens du Nord pour qu'ils se taisent encore quelques décennies, et tout le monde s'en réjouira.

***

Pendant qu'Alain finit de pleurnicher, un autre patient se remet à hurler. Voilà maintenant plus d'une heure qu'il gueule à bout portant. On l'a attaché sur un lit, à l'intérieur d'une chambre verrouillée. Il crie comme jamais de ma vie je n'ai entendu un homme crier. C'est presque excitant. Personne ne le torture. Il crie pourtant, comme si on lui arrachait les yeux avec un tisonnier bien rouge.

Je vais essayer de dormir un peu. J'ai la tête lourde. L'homme invisible crie toujours, crache des hurlements, pleure de toute son enfance. Son enfance tordue, oubliée sur un coin de rue; laissée loin derrière. On lui injecte quelque chose, je crois, peut-être du jus de tomate infesté de microbes. J'entends tout ce qui se passe de l'autre côté, les préposés discutent bruyamment de son cas. Ils font principalement cela : discuter, écouter et tout écrire. Ils ont écrit sur moi aussi. Ils ont tout noté. Je ne sais pas quoi précisément. Ce qu'ils ont trouvé de plus probant, ce qui les a sans doute personnellement marqués. J'ai donc un dossier. Il s'épaissit de jour en jour. C'est pour les prochaines fois. Parce qu'on revient toujours plusieurs fois, ici. On en a parlé, les autres fous et moi, ce sont eux qui me l'ont avoué. Ils m'ont tout avoué. Je vais probablement être fusillé, dimanche prochain, aux petites heures. Les infirmières font cela elles-mêmes, paraît-il, à la bonne franquette, dans la petite cour intérieure, à côté du jardin. C'est moins coûteux. On aligne une dizaine d'infirmières, armées, avec un maniaco-dépressif choisi au hasard qu'on place contre le mur, les mains liées, les yeux bandés. C'est le virage ambulatoire qui veut cela. Les compressions qui en exigent un peu plus de jour en jour. Dix secondes et c'est terminé. Le corps est ensuite transporté jusqu'aux cuisines et le travail est complété. Le jardinier jette un peu d'abrasif sur les traces de sang, et le gazon ne tarde jamais bien longtemps avant de repousser. Cet été, on aura de magnifiques roses trémières.

**

Le soir arrive. J'attends des visiteurs. Je ne sais pas encore qui, mais je sais que quelqu'un viendra. À 19 h, comme d'habitude. J'ai demandé à François de ne pas laisser venir n'importe qui. Les curieux et les coureurs de foires n'ont qu'à rester chez eux. Je veux juste les amis, les gens honnêtes. Je n'ai pas la force de supporter les complaisances de qui que ce soit. J'attends. Pour les visites, le soir, les repas. Pour la collation aussi.

J'avoue attendre surtout qu'il soit 22 h, pour le somnifère, et le noir si reposant dans lequel il me jette. C'est de l'Imovane. Quand on ne l'avale pas d'un coup sec, il goûte mauvais et reste longtemps suspendu sur la langue et le palais. Il goûte pareil à ce que goûterait du café sans eau. Une grande cuillerée de café fraîchement moulu. Le jour, on le sent s'accrocher au fond de la bouche. Il altère le goût de tout ce qu'on mange. Même notre respiration goûte le somnifère. Je n'en avais jamais absorbé jusqu'à mon entrée ici. Normalement, je dors très bien. J'aime dormir même. Depuis quelques semaines, j'aime toujours dormir, mais je déteste la nuit.

9

Je vais peut-être un peu mieux, mais je ne me sens pas prêt à sortir d'ici. C'est pour ma sécurité que je suis enfermé. Enfermés parce qu'on est tous devenus dangereux. Parce qu'on pourrait se tuer sans le dire à personne. Et que c'est dangereux de se tuer sans prévenir.

Ici, on s'occupe de moi. On le fait bien, avec beaucoup de professionnalisme. Je n'ai cependant pas encore eu droit aux médicaments habituellement prescrits pour ce genre de cas. On me sent quand même assez fort. Plein de colère, mais fort. Je n'ai qu'un somnifère, plutôt difficile à digérer, pour amenuiser la cruauté de mes nuits. On cherche le plus possible à éviter les médicaments hors de prix. On les remplace par la camisole de force ou les coups de gourdin sur les genoux. Au moins, c'est recyclable.

J'ai beaucoup de rage au fond de moi. Madeleine me dit qu'elle sait bien, avec mes mots et mon regard, qu'il me reste encore un minimum de courage. Elle sait que je ne ressens pas du tout l'envie de briser quoi que ce soit autour de moi. Seulement, j'en veux à Marie-

Hélène. De toute ma haine d'homme. Je le dis, j'explique. Pas question de pardonner. Il est encore trop tôt. Je cherche à croire qu'il ne s'agit que de cela : le temps, cette banalité; qu'après le temps, tout ira mieux. Madeleine est rassurée. Elle prend le temps de l'écrire.

La mort reste une solution. La meilleure. Je le dis à Madeleine. Je suis sincère.

Autour de moi, je devine autant de vie que de mort. Mais davantage de mort. La mort comme une certitude. Un phénomène qui touche de près tous les internés. Quand on a été brisé par des soirs de suicide, il arrive que l'on s'ennuie de la vie. Alors on la cherche partout. On ne sait pas où la trouver. On ouvre les tiroirs, défait le lit, vide les garde-robes. On soulève le tapis, on téléphone un peu partout, n'importe où, à la recherche de la mort. On lit Kierkegaard et Camus jusqu'aux petites heures du matin. On fouille pour retrouver de vieilles photos et d'anciennes lettres d'amour. On écoute des disques qui font souffrir. On pense à toutes ces femmes qu'on n'a jamais cessé d'aimer. L'ennui persiste, il grandit un peu, puis reprend sa forme naturelle. La douleur s'estompe. La vie reprend le dessus. Mais la mort, massive, intimide toujours. C'est un combat entre deux forces dont l'une aurait déjà marqué le premier point. C'est un mari mourant que l'on ramène à la maison, comme ça, d'une seconde à l'autre. Et qui a le dernier mot. C'est la mort, toujours, qui arrive à toute vitesse, comme une ambulance, aussi vite que la lumière dans le vide de l'espace.

Ici, les journées sont plus longues qu'ailleurs. Mais il me faut rester. Je le sais plus que jamais. Lorsque je revois mon appartement, il devient évident que je ne dois pas y retourner. Pas tout de suite. Lorsque j'y pense, j'ai des images de prison et de salle de torture. Oublier l'appartement, l'église en haut de la côte. Oublier les pâtes au fromage. Oublier, surtout, d'éteindre le gaz.

10

Il y a une dame, une folle d'ici, qui semble s'alarmer. À cause de l'homme qui crie comme un enfant sur les plaies de qui on viendrait de verser du vinaigre. Ici, ordinairement, les patients sont tranquilles. Caroline seulement est dangereuse. Elle est à peu près la seule en ce moment dont il faut se méfier. On le sait, on est prévenu de son impulsivité dès notre entrée. Elle fait des menaces, brusque sans raison la première chose vivante qu'elle croise. Mais il vaut mieux l'ignorer et faire comme si elle n'existait pas. On ne sait pas trop d'où elle vient. Il est dit dans son dossier qu'elle s'est déjà prostituée pour pas grand-chose. Il est aussi dit que, selon tous ceux qui l'ont connue, autrefois, elle a toujours été folle. À huit ans, elle buvait de la vodka et fumait des cigarettes. Elle se serait aussi fait battre par une multitude d'hommes qui, du même coup, ne se sont pas gênés pour la violer deux ou trois fois. Maintenant, elle est gardée dans une chambre, à l'abri de tous. À l'abri des hommes surtout. Le plus drôle, c'est qu'elle parle tout le temps de baiser.

Sinon, l'homme crie toujours. Ça ne me gêne pas trop. C'est ainsi. Il y a la télé qui bourdonne, Caroline qui cherche à griffer ou à se faire baiser par tout ce qu'il y a d'humain autour d'elle et l'homme, une flamme rouge coincée dans la gorge, hurlant à se faire ramasser par les flics.

L'important dans mon cas est d'être surveillé. Ils le font presque parfaitement. Je dis presque parce qu'ils n'ont pas pensé à l'attache sur le sac de biscuits que m'a laissé François. Deux petites tiges de métal se trouvent collées entre le carton et le papier jaune. Je pourrais facilement m'en servir. Pour me déverrouiller les poignets. Depuis le temps que j'attends. Sous l'eau, ou sous mes draps. J'y ai pensé. C'est vrai que je n'ai que cela à faire. Un interné comme moi est toujours très inventif.

Je n'ai encore vu personne prier. Tout le monde, ici, est trop fragile pour espérer compter là-dessus. Personne ne prie. J'ai entendu des fous se faire des plans en vue de s'évader. J'ai entendu dire, par d'autres, qu'on était en train de mettre au point une bombe thermonucléaire, dans la chambre 3088. Je sais qu'il y en a qui parlent de moteur électro-synthétique, qu'il y en a qui se répètent des milliards de problèmes de mathématiques dans leur tête, mais je suis certain d'un truc, personne ne prie.

***

Tous ensemble, dans le silence et la discipline, on a pris notre repas. Habituellement, on est au moins certain d'entendre Conrad se tordre de rire avec monsieur Fernand qui ne fait tout le temps que parler de cul. Monsieur Fernand, c'est un vieux rabougri de trois ou quatre cents ans qui ne peut s'empêcher de dire des cochonneries à propos de tout et de rien. Alors Conrad, qui garde un peu du bon vivant en lui, rit comme un fou. Il rit d'entendre des choses aussi grossières, dites aussi fort, de la bouche d'un vieux machin comme monsieur Fernand. Pour Fernand, tous les prétextes sont retournés en histoires de fesses.

Mais ce matin, monsieur Fernand, sans raison, s'est levé du mauvais pied. De toute la journée il n'a pas dit un seul mot, n'a pas ri une seule fois. On aurait dit que, cette nuit, il s'était fait enlever quelque chose de très important, un truc qu'il aimait depuis très, très longtemps. Et monsieur Fernand est resté triste. Au repas, il a avalé sa soupe, son jello et son omelette au poivre en trente secondes, sans faire le moindre bruit. Puis, il a porté son plateau sur le chariot et s'est engouffré dans sa chambre. Ce soir, le silence. Un silence de réfectoire, avec son odeur et son humidité.

Les vingt-quatre bénéficiaires n'ont pas dit un seul mot de tout le repas. Étrangement. Un silence s'est imposé, terrorisant, marquant le début d'une soirée lourde.

Un reste de thé à la main, je repars vers ma chambre. J'ai peur de Marie-Hélène. Ici, elle ne peut rien me faire. Mais quand on me demande au téléphone, j'angoisse. J'ai peur, peur de lui parler, qu'elle me jette des méchancetés toutes crues pour se protéger de ce que je n'ai pas encore osé dire. Qu'elle se justifie, arrange les événements à son avantage. Elle voudra se libérer de tout. Je la connais. Elle va s'en aller boire dans un trou de la rue Alexandre. Elle va rentrer, seule, en taxi ou à pied, puis va se mettre au lit, avec une sale envie de vomir. Mais le téléphone sonne, et ce n'est jamais elle qui appelle.

Marie-Hélène est en exil.

11

Je revois son visage étonné qui me dit que je suis méchant. Sa silhouette que je connais par cœur, étendue sur la grande chaise du salon. Son sourire. Son rire. Le mien qui fait écho. L'amour. Une époque sans vacarme. Mes bras qui la portent, elle qui m'emmène. Nos deux corps tout à fait prêts. Quelqu'un qui m'embrasse, fébrile. La vie qui se poursuit. Mes jambes qui tout à coup fléchissent, sans raison, une force qui défaille. Comme si mon corps pressentait déjà la trahison. D'ici peu, mon amoureuse fera l'amour une autre fois, une fois de trop. Sa voix me demande ce qui ne va pas. Le baiser rapide pour éviter que ça ne devienne sérieux. Les cachotteries. Et le soleil qui entre enfin, malgré le store.

L'après-midi s'estompe graduellement, puis le soir débarque. Le personnel est remplacé. L'équipe de soir, réduite, comme celle de nuit, reprend les quartiers. L'étage est silencieux. Je n'ai rien à faire. Il n'y a rien à faire. Je ne pense pas.

Je ne suis ici que depuis trente-sept heures et tous les patients déjà connaissent mon prénom. Il suffit que je quitte le 3074, ma chambre, pour aller aux toilettes ou pour essayer de téléphoner à François, pour qu'un d'entre eux vienne aussitôt me parler. Je connais toutes les histoires. Des gens mariés, des parents, un professeur d'anglais, un ex-détenu, une folle qui a de tout temps été folle, un schizo pas très fier qui dégouline, un vieux pervers de bas quartier. Et la ritournelle continue.

L'homme de cet après-midi ne crie plus. On lui a porté sa nourriture. Il a parlé, marmonné quelque chose d'incohérent. On l'a fait manger, sans le détacher. Il s'est plaint, comme un enfant capricieux. Il ne crie plus. Il gémit parfois, beaucoup moins fort que cet après-midi, mais il ne crie plus. Encore le son de la télé dans la salle commune. Je vide ma tasse de thé. Je pense à Marie-Hélène, penchée sur lui, attentive à ses gémissements. Je pose la tasse, retire mes lunettes, me frotte les yeux, le front, les cheveux. Je commence à pleurer. C'est incontrôlable. Mon affliction sort de partout. Je pleure en vérité.

Un homme dans la quarantaine, inconnu de nous tous, portant un long manteau, est passé il y a une heure. Il est arrivé par l'ascenseur. Tout de suite, il a vu une dame qu'il connaissait s'approcher lentement de lui. Tous les gestes de la femme étaient lents. Son regard était lent, à cause de l'épuisement que donnent les journées d'ici, à cause aussi des antidépresseurs et des autres comprimés qui servent à éliminer les effets secondaires des antidépresseurs. Ils se sont regardés un instant, elle et l'homme, puis lui s'est approché. Un sourire. Une embrassade franche. Un bonheur, à droite, près de l'ascenseur. Tout le monde lui dit au revoir. On est content pour elle. L'infirmière lui souhaite bonne chance. La dame sort ce soir. Elle aime manifestement l'homme qui vient la chercher. Il n'a pas dû lui faire de mal dans le passé. C'est autre chose, un coup très dur, qui a freiné tous ses mouvements. Je crois qu'il est son mari et qu'elle est sa femme.

C'est parfois difficile à imaginer, mais les fous aussi ont des familles, des enfants, des parents, quelqu'un qui les attend dehors, des gens qui parlent d'eux, s'inquiètent de leur état, s'informent. Mais pas tout le temps. Il y a des fous, aussi, qui meurent sans personne autour. Et personne ne sera là pour envoyer les fleurs. Personne pour aller tondre le gazon autour de la dalle de pierre.

12

Après avoir terminé sa besogne, Marie-Hélène a souri au garçon. Le cœur battant, les cheveux collés au front. Il lui a murmuré des remerciements. Il est célibataire depuis presque un an. Marie-Hélène lui aura fait du bien. Elle était contente. Comme lorsqu'on donne du bonheur à quelqu'un. Elle a fait ce qu'on fait aux gens qu'on aime. Gratuitement. Sans raison, sans exiger quelque chose en retour. Pas même une petite affection, pas même pour se faire aimer. Comme ça, comme on fait autre chose; comme on fait la vaisselle, comme on dit au revoir à l'autre, le matin, avant de partir pour le bureau. Marie-Hélène a fait ce qu'elle avait à faire. Elle filait une petite tristesse depuis quelque temps. Une déprime. Comme on fait autre chose, elle s'est offert une pause, des petites vacances.

Dans ma tête, Marie est entartrée, infectée de mouillure. Ses robes sont déchirées, pleines de vermine, et pourtant je la vois qui chante, les pieds dans la boue, le regard fier des femmes faciles.

Marie-Hélène sous les roues d'un énorme camion, mâchouillée comme une poupée mille fois mordue. Marie-Hélène au fond du lac, la bouche ouverte, les yeux mauvâtres, comme son petit cœur de pute. Marie-Hélène entre les algues, décoiffée, muette et sourde, inapte à demander quoi que ce soit. Marie-Hélène ficelée, recroquevillée dans l'âtre d'une cheminée, suspendue comme un chaudron, bâillonnée, le regard suppliant, mais le feu, le feu pourtant, lui traversant le corps. Marie-Hélène toute blonde, en poussière, balayée sous le tapis de la salle à manger. Marie-Hélène les dents soudées, transie dans l'eau de sa baignoire, un séchoir à cheveux, branché, tombé là par hasard. Marie-Hélène et ses vingt ans, empalée, oubliée dans un bois, suppliant partout qu'on la sauve. Marie-Hélène immobilisée au milieu d'une clairière dans une clôture de fil de fer barbelé. Marie-Hélène jamais tout à fait morte. Intuable Marie.

Elle est allée jusqu'au bout, Marie-Hélène. Enivrée. Bien à l'abri. Chez le garçon, comme un refuge. La télé était allumée pour l'éclairage qu'elle diffusait. Ils se sont caressés, puis couchés sur le divan-lit. Il a joui dans sa bouche. Comme dans un film de cul. Il l'a remerciée. Elle a sans doute dû lui dire que cela lui faisait plaisir. On dit toujours ça quand quelqu'un de nouveau sait nous reconnaître. Elle avait été femme, entièrement. Il pensait à ce qu'on venait de lui faire. Elle ou une autre, c'était bien sans importance. Elle ou une poupée gonflable. Il ne l'aimait pas. Moi, oui. C'était Marie-Hélène. La fille, vous savez, la belle fille jouant la scène la plus hard de tout le film, sans mélodrame, bien c'était Marie-Hélène.

Pouvoir enfin glisser vers la putain, descendre jusque-là, sans en faire de cas. Sans que le reste de la vie ne soit atteint. Faire tout ce dont on a envie, un joint entre les dents, sans que cela dérange. Être enfin un baby-boomer. Ne pas prendre ses responsabilités, toucher des assurances pour un rien, être payé sans travailler. Signer des contrats à bord d'une automobile louée malgré les trois faillites personnelles, et baiser des putes, à droite, à gauche, sans que la bonne femme à la maison ait le courage de nous plaquer.

Me revoilà donc planté là, sans reste. Marie-Hélène est infectée. Marie-Hélène n'est plus qu'un ustensile de cafétéria. Un ustensile que tout le monde s'échange. Une Marie-Hélène, vaguement passée au lave-vaisselle, prête à une nouvelle utilisation. J'ai envie de me clouer les mains sur un cadre de porte tellement tout devient con, de me rentrer la tête dans un réfrigérateur et de refermer la porte plusieurs fois de suite, question de me rafraîchir les idées. J'ai envie de prendre mon élan du fond du couloir et courir de toutes mes forces pour m'enfoncer le crâne bien comme il faut dans le téléviseur. J'ai envie de retourner contre moi la haine que je dois aux autres. À Marie-Hélène et à tout le monde.

Aux livreurs de pizza contre lesquels il fait toujours bon s'acharner de temps en temps. Comme ça, parce que la vie pourrait me faire chier. M'en prendre aux plombiers, aux balayeurs de rues, tiens, à n'importe quoi, pourvu que ce soit un peu vivant. Aller trancher la gorge d'un chauffeur de taxi pour cinq dollars. Ou alors partir charrier des cadavres quelque part dans le nord de l'Inde, dès maintenant, et devenir humaniste. N'importe quoi, pourvu que ce soit violent.

J'ai mal à la tête, un mal de tête à grands coups de bombes au phosphore. Comme si Marie-Hélène me démolissait maintenant à coups de chevrotine, cette fois, et que ça me faisait mal jusqu'en 1978.

J'ai Marie-Hélène, son geste, ce qui s'est passé. L'homme. L'homme. Même pas beau, même pas drôle. L'homme sorti de nulle part et qui, en un flash, s'intègre au décor. La jouissance de l'homme. Marie-Hélène qui, sans le savoir, casse tout. Et l'homme qui en profite. Qui va s'endormir d'ici quelques minutes, en toute quiétude. Pour ne réapparaître que tard le lendemain. Et moi qui me replie, retranché au fond de cet hôpital psychédélique. L'homme qui n'aura pas besoin de se lever, demain matin, pour venir me conduire au poste de police.

Voilà. Après tout, je ne suis rien de plus que cet homme qui n'a guère pris le temps de lui porter attention, ni de la désirer comme elle préfère tant qu'on le fasse dans la vie courante. Il n'y a rien à accepter. Je voudrais sans doute être méchant, particulièrement envers les femmes. Pour voir si cela saurait me soulager. Sauf que je manque d'imagination.

13

Rien de nouveau sous les néons. Nous demandons la permission de jouer aux cartes. On retrouve, ensemble, divisés en petits groupes, une espèce de bien-être. Les infirmières nous prêtent un paquet de cartes qu'il faut rapporter dans une heure. J'écoute autour de moi. Personne ne veut rester ici. Personne non plus ne se sent coupable d'être interné à cet étage, mais personne ne veut rester. Ici, les choses ont un sens. Demain, si tout va bien, je vais pouvoir participer aux activités. Il faut dire que, depuis mon arrivée, il n'y a eu que la chambre, les toilettes, la salle commune et puis encore la chambre. C'est ainsi pour tout le monde, même pour ceux qui reviennent trois fois par année. Au début, c'est la chambre, et la télévision. Ensuite, on voit si tout se passe normalement. Les habitués n'ont pas de privilège, eux non plus. On m'observe. Je me laisse faire. Je joue aux cartes, comme si de rien n'était. Personne n'a avantage à simuler le bonheur. Le seul atout serait peut-être de s'habituer plus à fond à la vie d'ici. Elle fonctionne comme un système. D'y participer tellement bien qu'il serait facile de faire croire à un quelconque rétablissement. Mais les observateurs ne sont pas si

naïfs. Ils ont pour la plupart fait un merveilleux bac-
calauréat en service social et sont habitués aux mimiques des fous. Inutile d'essayer de les berner. C'est entendu qu'ils n'ont pas tous connu Marie-Hélène.

Je ne fais qu'une seule partie et laisse la place à un
autre. Les cartes, c'est pas mon affaire. Je m'approche de
la télé. Un téléroman. Faussement déprimés, des comé-
diens de carton-pâte jouent à avoir des problèmes. Ils
gagnent de l'argent avec ça. C'est absurde. Je repars
vers ma chambre, mange un biscuit. J'ai du mal à me
concentrer. Je subodore le mal qui revient. Quelque
chose qui ressemble à une fièvre, lourde et délirante,
naturellement liée aux impressions de la mort. Une
fièvre revenue de l'enfance, des émotions d'éléphants
roses et de poissons volants : rien d'original.

Je m'enferme dans ma chambre. Je retire mes
chaussures. J'ai besoin de me raser. Demain. Je pressens
les idées noires qui se préparent à attaquer. C'est une
chose très facile à prévoir quand on n'a rien de mieux à
faire. Je sors en chaussettes. Je demande un somnifère.
Il était déjà prêt, tout seul, dans un petit gobelet. Un peu
d'eau, j'avale. Le tour est joué. Dans un quart d'heure, je
ne serai plus là. N'importe où, mais loin.

Roxane me téléphone. Il est 21 h 26. Elle se tracasse
au sujet de mon confort. Elle croit ce que tout le monde
pense : qu'un hôpital, c'est lugubre, laid et froid. Je

prends le temps de lui expliquer qu'ici, je n'ai rien à craindre. Je me sens protégé du monde extérieur. À part les quelques petits règlements, il n'y a pas de véritables contraintes. C'est indispensable. On peut hurler, pleurer quand et tant qu'on veut, ne pas sourire, ne pas répondre quand on nous parle, dormir, ne pas terminer son assiette, etc. On nous fiche la paix. Roxane m'offre de venir me libérer, de m'emmener dormir chez elle. Aucun autre endroit qu'ici n'est plus approprié pour le moment. Je lui parle de mon angoisse, de ma peur de Marie-Hélène et de toute la vie d'avant qui me ramène à elle. Je ne me sens ni aimé ni admiré dans cet hôpital. Juste admis. Pour une fois. Personne n'a d'attente et ça me calme.

Roxane comprend. De toute manière, il n'est pas sûr que les infirmières me croient capable de sortir bientôt. J'en ai peut-être encore pour un mois, peut-être pour une semaine. Roxane dit vouloir être une maman ours, me protéger de tout le monde, de ceux qui cherchent constamment à me faire du mal. Je ris. Je la sens vraie. Presque aussi paranoïaque que moi. Elle m'aime, et sait que ça ne sera jamais réciproque. Roxane m'aime. Roxane sait que moi je ne l'aime pas. Hier, j'ai reçu un énorme sac de bonbons. C'était d'elle. Elle y a glissé une lettre. Un petit mot. Pas grand-chose. Elle a écrit que j'avais su lui faire retrouver confiance en l'être humain. Une confiance qu'elle avait, disait-elle, autrefois perdue, sans doute à cause d'un mec. Grâce à moi, maintenant, elle sait qu'il existe encore des êtres humains. Elle a signé, Roxane, avec quelques petits «x» amassés dans un coin du papier et un cœur griffonné. J'avais exactement besoin d'une douceur comme celle contenue dans l'écriture de Roxane. Même que ça m'a fait pleurer. Et j'ai tout le temps besoin de pleurer. Je la remercie pour le mot et les bonbons. Elle rit. Je parle un peu et elle m'interrompt pour dire : «J'aime ça t'entendre respirer». Je suis saisi d'un malaise. Elle est prévenue que jamais je ne pourrai lui remettre toutes ces petites attentions, si grandes pour moi en cette heure précise. Roxane dit qu'elle ne fait rien de si spécial. Je la contredis. Un coup de téléphone, au centre d'une soirée, c'est rien, et c'est dingue. Elle rit encore. Ce rire est sans prix. Ce petit rire tout féminin, comme un remède, comme du vin rouge que l'on a fait chauffer un soir de décembre, comme une cuillerée de miel au fond d'un verre de rhum. «Fais attention à toi, mon beau», rajoute-t-elle. Je lui dis que je suis fatigué, que je vais devoir raccrocher. Les effets du somnifère se mettent en place. Je lui dis aussi que je l'aime, parce que je suis content. Elle m'embrasse. On raccroche. Je respire un peu mieux. Je n'ai plus la douleur d'hier.

Puis, je ne sens plus rien. C'est une préoccupation qui domine tout mon temps : arriver à ne plus rien ressentir.

14

Cette nuit, j'ai cru apercevoir quelqu'un diriger la lumière d'une lampe de poche sur les murs de ma chambre. J'ai aussi vu quelqu'un ramasser les feuilles que je laisse tout le temps sur le bureau. Des feuilles couvertes de cette écriture minuscule que je traîne obstinément depuis mes premières années d'école primaire. Ce devait être les agents gouvernementaux qui cherchaient à retrouver Conrad. J'ai continué de dormir comme une enclume. Les feuilles, ce matin, étaient à leur place. Dans mon sommeil, je me souviens avoir pensé que ce genre de fouilles pouvait faire partie de l'observation habituelle. J'étais bien trop mort pour protester. Je me fichais complètement qu'on lise ce que j'y avais écrit. Mais personne n'est jamais venu.

Seize mars. Toujours le mois de mars. Ce matin, 6 h 30, on m'a fait une prise de sang. Je suis resté endormi durant l'intervention. J'ai senti l'aiguille venir chercher un peu de mon sang, rien qu'un peu. C'est tout. On aurait pu me raser le crâne, me changer de chambre ou me couper en très petits morceaux et me passer à l'extracteur à jus, je n'aurais rien pu faire. Les somnifères d'ici sont miraculeux. Avec eux, impossible de reprendre conscience avant le coup des huit heures.

Hier soir, j'ai voulu m'endormir avec de la musique. François m'a prêté son baladeur. Un seul des deux écouteurs fonctionne. Je l'ai inséré dans mon oreille gauche, la cassette dans l'appareil, le tout posé sur une chaise près du lit. Au matin, les piles étaient complètement sèches. La musique a joué toute la nuit, sans que je l'entende; la cassette s'est retournée plusieurs fois, sans s'épuiser.

Je vais déjeuner. Du café, enfin. Une seule tasse. Je bois à grandes gorgées, comme si je venais de traverser tout un désert de neige. Je vide la tasse en deux secondes. J'ai l'impression de n'avoir rien bu. Conrad vient s'asseoir en face de moi. Il va mal. Il voudrait sortir. Nous sommes quatre à cette table et tous, sauf moi, parlent de sortir. Ce sera le sujet de conversation de la matinée. On me demande si les heures sont longues pour moi aussi. Je réponds que je ne suis pas pressé. Les heures sont longues, mais la lenteur me repose. Conrad dit que ce n'est pas avec le temps purgé dans ces lieux que l'on réussit à se construire une protection de béton. Je pense comme lui. Il parle à ma place. Peut-être ne retrouverons-nous plus jamais notre force et notre courage d'avant. L'internement est peut-être une étape que l'on ne franchit qu'une seule fois.

Conrad aussi a essayé de se suicider. Il a plus de cinquante ans. Il y a quatre ans, lui-même ne sait plus trop pourquoi, il s'est jeté du haut d'un pont, tout près de Québec. Il s'est cassé la clavicule, un coude et les deux genoux. À le regarder, il donne l'impression de n'être qu'un homme parmi les autres, qu'un homme de plus, qui travaille, dort, conduit une voiture, dresse un chien pour impressionner le beau-frère à Noël, aime ses enfants, tout en conservant un bout de nostalgie pour la terre natale que sa femme lui a demandé de quitter. La différence chez Conrad réside dans le fait tout banal qu'il ne veut pas vivre, malgré la voiture, les enfants, le chien, sa femme, le travail et les semaines de congés payés. Cette différence, toute mince.

À la table de droite, une des deux dames avec qui nous avons joué aux cartes hier raconte son passage au lithium. Elle est souriante, à cause justement du lithium. Souriante et, du même coup, bouleversée. L'an dernier, elle est devenue propriétaire d'un petit café dans les environs de Magog. C'est ce qu'elle nous raconte. Son mari et elle avaient beaucoup travaillé pour l'obtenir. Toutes leurs économies y avaient passé. Le petit café, il fallait le remonter, rajeunir son chiffre d'affaires, rénover quelques trucs, bref y remettre la vie qu'il demandait. Le problème est que sa famille, depuis le vieil oncle débile jusqu'au cousin de l'autre cousine, sans doute par jalousie, s'est affairée à la décourager. Avec une ténacité que seule la jalousie est capable de produire. Ils ne cessaient pas de lui dire que c'était une folie, cette histoire de café, que personne ne l'aiderait à se relever le jour où elle comprendrait. Tout le monde a voulu s'en mêler, tout le monde a voulu lui dire quoi faire et quoi ne pas faire, et elle, ça l'a brûlée. Le père a failli casser la gueule au gendre, persuadé qu'il avait l'intention d'escroquer tout le monde pour ensuite s'enfuir avec les profits dans un autre pays. Des histoires de famille. Des samedis où l'on ne s'invite plus à souper, des bouderies, des calomnies. Son mari et elle ont fini par perdre tout l'argent qu'ils avaient placé dans l'affaire. Un soir, épuisé, pris de désespoir et d'un quarante onces de gin, il est monté dans sa Ford Econoline. Il s'est rendu tout droit chez le beau-père. Il a chargé sa carabine et a tiré dans les fenêtres. Le vieux est sorti, pour voir ce qui se passait. Une fraction de seconde plus tard, il se faisait descendre d'une balle dans le dos. Le café est à présent fermé – il ne dérange plus personne –, le mari est en prison, le beau-père est au cimetière et elle, eh bien elle se contente du lithium.

La dame rapporte cette histoire avec un petit sourire. Cet épisode l'aura évidemment rendue insensible. Les enfants ont fini par fermer le commerce et vendre le terrain. La société fiduciaire leur réclame encore beaucoup d'argent. Son mari attend le procès depuis le début de l'été dernier. Et elle, elle s'en fout complètement. Aujourd'hui, elle s'occupe à lutter pour sa survie. Elle a peur de tout. Peur d'être seule, peur de son mari, peur de croiser un homme dans la rue, même si elle le connaît. Peur que les objets se retournent contre elle, que les voix lui commandent de se tuer, peur de ne plus savoir comment les chasser. Il n'y a qu'ici qu'elle arrive à vivre normalement. Son histoire n'a rien d'inédit, personne n'en fera jamais un film. Elle aurait mieux fait d'entrer avec une carabine 22 à l'université Concordia et de tirer à bout portant sur le recteur et ses secrétaires. Au moins cela aurait fait avancer les choses.

Au fil des semaines, elle s'est habituée au déroulement précis des journées. Les heures pour tout, le coucher, le lever; l'absence absolue d'imprévus, la visite qui ne vient jamais par hasard, les repas qui sont bien équilibrés, quoi qu'il puisse arriver dans les cuisines. Le gouvernement peut s'effondrer, le déficit augmenter, le taux de chômage atteindre des niveaux encore jamais vus, les repas, ici, à cet étage, seront toujours les mêmes. Et c'est très important. Cinq semaines qu'elle est là. Elle en est à sa quatrième visite. Et elle n'a pas plus de trente-cinq ans.

J'ai peur moi aussi. Presque autant qu'elle. Conrad dit qu'on restera fragile toute notre vie. Comme si la première couche, la plus épaisse, avait été retirée puis jetée à l'incinérateur. Une pelure qui ne se régénère ni à force de compliments, ni à coups de travailleurs sociaux.

Je me lève, sans saluer. Ici, personne ne fait de cas des formules de politesse. Les principes ne servent qu'à ceux qui se croient menacés. Les perdants, comme nous, ne sont plus de la compétition. J'apporte mon jus d'orange à la chambre, m'appuie contre un mur pour ne pas tomber. Je vais à la douche.

Je revois ma vie d'avant le début du séjour. Les bons moments. Marie-Hélène, un peu soûle, qui s'approche vers moi. Son regard légèrement lascif. Son rire cinglant qui casse tous les bibelots, qui renverse les étagères. Comme une égoïne, une scie sauteuse, une lame de fond. Son rire comme un marteau, un pic, une pioche, une centrale marémotrice.

Juste y penser me fatigue. Je ne dois surtout rien brusquer. Troisième jour. Tout est pareil. Pourtant, je ne vis pas, j'éprouve. Le soir, je me rappelle difficilement tout ce que j'ai fait depuis mon lever. Aucun souvenir non plus de toutes les personnes avec qui j'ai pu converser. Converser n'est pas le mot juste. J'en oublie de longs passages. Ça me repose, je crois, d'oublier.

Je suis resté trop longtemps sous la douche. Un préposé est venu frapper. J'avais verrouillé. Mais une clé leur permet de tout ouvrir quand ils le veulent. J'ai donné signe de présence. Le préposé en question est reparti.

On me surveille, sans que cela ne paraisse. Aux quinze minutes, on vient s'assurer que je ne suis pas disparu. Même la nuit. Tout le temps. On vérifie. Des fois que j'aurais croqué une infirmière.

Marie-Hélène peut revoir le mec si cela lui plaît. Je suis ici, enfermé dans une des mille chambres froides de ce château. Elle le sait, le monde entier le sait. Je suis en jachère. Je n'ai pas engagé d'espions. Je ne souhaite pas être tenu au courant des complicités qu'ils vont s'échanger. Il va lui téléphoner. Ou elle. Elle va le faire. Ils vont se revoir, dans un café, devant tous. Il va la faire rire de nouveau. Elle va se sentir belle, désirée. Cela va l'exciter. Il va vouloir l'inviter. Les barrières levées, on économisera le Southern Comfort. Ensuite, on va aller plus loin. Je n'ai plus à me faire de soucis, ils ont déjà tout fait la dernière fois. Qu'ils répètent donc le scénario. C'est le syndrome de la putain et du con qui ne peut séduire autrement qu'en s'immisçant dans les tiroirs des couples un peu désillusionnés. Du lâche qui conserve toujours de quoi boire, sous son lit, au cas où la fille ne se déchaînerait pas aussi aisément que prévu. Au cas où la fille se mettrait subitement à penser au mal qu'elle est peut-être en train de faire. Au cas où elle se sentirait coupable, tout à coup, et que la baise s'en trouverait altérée. Les filles un peu perdues, on le sait, sont celles qui offrent le plus.

Je la vois le faire, le refaire, et encore, sans avoir besoin de moi. Je vois le plaisir sur son visage, ses yeux fermés, sa bouche ouverte, son haleine sur lui, au creux de ses oreilles d'imbécile, son haleine contre ses lèvres, son haleine sur son ventre. La ligne droite de son cou, ses cheveux noirs coupés court, ses épaules inflexibles. Marie-Hélène, tragique, sinistre et sans pitié, un début de larme au coin des yeux. Elle le fait, sans moi. Puis démarrent enfin les chants du chœur, le coryphée semant la discorde; une place, à Thèbes, devant le palais du roi. Elle le refait sans cesse. Et je suis ailleurs. Au troisième étage d'une aile psychiatrique, en pyjama, vraiment très loin de tout ce cirque. Trop loin à présent pour espérer sauver le moindre bibelot.

Marie-Hélène est devenue ma pire ennemie. À l'extérieur, de l'air que je n'ai pas respiré depuis des siècles. Je vois la ville, son soleil, ses voitures. Je sais que c'est dans cette ville que se trouve ma pire ennemie. Je sais aussi que c'est là, dans un des bâtiments de cette ville, bien au chaud, qu'elle m'a trompé. Je sais surtout que plus rien n'est pareil, que les mots de Marie-Hélène, le sourire de cet homme, que je vais probablement croiser un jour, dans l'autobus ou ailleurs – comme dans un vaudeville –, vont me faire honte.

J'ai peur de sortir, de revoir Marie-Hélène. Je sais qu'elle est comme ça. Je sais surtout qu'elle va prendre du recul pour mieux se justifier. Elle va emprunter la voiture de sa mère, se retirer dans un des champs de son enfance, réfléchir. Elle va prendre de grandes bouffées d'oxygène. Elle va grimper sur une clôture et rester là pendant des heures. Des heures à regarder le coucher du soleil, même si le coucher du soleil ne dure que quelques minutes. Elle a la possibilité de le faire. Il n'y a aucun mur, aucune porte, aucun horaire qui puisse la ralentir dans sa démarche. Elle va repenser à tout cela, puis va me mépriser. Pour se déculpabiliser, diviser la faute en deux. De l'arrogance dans la voix, et cette fausse indifférence des femmes de maintenant. J'entends ses mots. Je vais devoir la bâillonner. Le matin, le soir, la fin de semaine, en lui parlant, en criant plus fort qu'elle, pour ne plus qu'elle répande son désordre. Lui parler, en lui faisant l'amour. À répétition. Je vais devoir la bâillonner tout le temps. Je vais devoir acheter des kilomètres de ruban adhésif, pour mieux la bâillonner. Du ruban de qualité.

15

Aujourd'hui, c'était l'anniversaire de monsieur Fernand. À six heures et demie, il était déjà debout, lavé, pomponné, parfumé d'une eau de Cologne un peu vieillie, mais collant encore très bien aux ancêtres de son acabit. Il a sorti sa veste, son pantalon, sa belle chemise et un gilet assorti au reste. Il a même attaché le dernier bouton de son col et noué une cravate pour l'occasion. Il a toutefois gardé son énorme nez, ses joues creuses et ses cheveux gras, rapidement coiffés vers la droite.

Au bout du couloir principal, verrouillée électroniquement, une grande porte vitrée coupe l'accès aux ascenseurs de secours. C'est de là qu'arrivent normalement le concierge, les plateaux et la visite. Dès sept heures ce matin, monsieur Fernand s'est planté devant cette porte. Les heures ont passé. Les infirmières n'ont rien fait. Je crois qu'elles ne savaient pas. Fernand a attendu. De la porte jusqu'aux fenêtres de la grande salle à manger qui donnent sur le stationnement, il n'a cessé d'aller et venir. Toujours aussi bien parfumé, toujours aussi bien peigné. Il n'a pas mangé avec nous, trop impatient d'aller au restaurant avec ses enfants qui devaient sans doute venir le chercher. Qui devaient arriver d'une minute à l'autre.

Mais personne n'est venu. Ni au dîner ni au souper. Fernand a pourtant attendu toute la journée. Quand le couvre-feu a sonné, il est venu chercher sa dose de Clonazépam, puis est allé se déshabiller. C'est tout. Il s'est couché. Et c'est tout. Dans trois cent soixante-quatre jours, ce sera encore son anniversaire. Tout le monde a super hâte.

16

Le lit. J'y suis resté allongé tout l'avant-midi. Marie-Hélène va me faire du mal, c'est certain. Elle ne cédera pas aussi facilement. Elle n'a toujours pas disjoncté. Je la sens méchante. Je ne lui ai jamais rien demandé d'impossible, sinon de m'épargner. Je ne sais pas pourquoi. Je n'ai jamais non plus trop bien compris ce qui la poussait à me traîner dans la boue chaque fois que nos disputes lui enlevaient du terrain. Je l'ai mille fois exhortée à ravaler ses mots. Le temps passait. Elle regrettait enfin. S'excusait. Récidivait. Sans arrêt, sans la moindre évolution.

***

J'entends remuer du côté de la salle à manger. Les plateaux viennent d'arriver. Je n'ai pas très faim. J'ai mal au ventre. L'autre femme est déjà là, toujours assise vingt minutes avant l'heure. Elle est maigre, longue. Une femme qui est devenue folle on ne sait plus pourquoi ni depuis quand. Elle est ici depuis toujours. Elle ne fait rien, sinon paniquer quand vient le temps de dîner. On l'entend. Je l'entends même de ma chambre. Elle panique, tremble de partout. Ses yeux deviennent tout noirs et tout brillants. Elle se gratte énergiquement le haut de la poitrine. On dirait qu'elle est la seule à pressentir une fin du monde imminente. La seule à pouvoir nous sauver. À chaque repas. Une fin du monde trois fois par jour. Son mal vient de là. Elle répète, tout bas, très vite : «Les plateaux, les plateaux, les plateaux.» Avec une terreur dans la voix. Elle ajoute : «V'nez vous assire. Assisez-vous, y a les plateaux!» On la voit qui s'énerve, qui se dérègle. Je pense que c'est parce qu'elle a peur qu'une guerre n'éclate si nous ne sommes pas tous à table avant qu'arrivent les plateaux. Souvent, quelqu'un se présente en retard et aucune guerre n'éclate. Mais demain, la panique sera de nouveau au rendez-vous.

J'enfile un gros chandail, il fait froid tout à coup. J'y vais.

***

Les cuisines ont oublié mon plateau. Pas de numéro 74. Il a fallu téléphoner. Normalement, ce chariot-ci, qui monte en psychiatrie interne, ne doit jamais être incomplet. Un dépressif comme moi peut devenir encore plus fou s'il comprend qu'on l'a oublié. Il peut facilement s'imaginer qu'on a fait exprès, que tout était prévu depuis longtemps, que les infirmières se réunissent en cachette pour parler de lui et lui faire des coups pendables. Tout de suite on a téléphoné. Et dans le nouveau plateau, il y avait même des ustensiles de métal. Les cuisines n'ont pas fait attention. Encore un oubli. J'aurais pu sans problème glisser le couteau ou la fourchette dans ma manche de chemise. L'infirmière n'aurait rien vu.

J'ai terminé mon dessert, laissé refroidir mon café un moment. J'ai regardé le couteau. Personne n'a remarqué. Je l'ai eu entre les mains. Dans mon poing. Serré. Très longtemps. Et puis je l'ai finalement laissé là. J'ai essayé de penser à autre chose, mais rien ne venait. Une minute plus tard, l'arme était déposée, rangée comme il se doit, à la droite du couvert. J'ai encore fixé le couteau avant de regagner ma chambre. Je cherche toujours à ne plus y penser. Je n'ai pas su profiter de leur négligence. Je verrai tout à l'heure si j'ai des regrets. Je n'en parlerai pas au psychiatre.

17

J'ai tout vomi. Évidemment. On a pris ma tension. Je tremble. On me fait remarquer que je tremble. J'ai froid. Je leur dis. Je vois Marie-Hélène, en une bouffée, prendre soin de moi, comme elle l'a déjà fait cet hiver, lorsqu'une pleine poussée de fièvre m'avait terrassé. Une fièvre ascendante. Au-dessus de quarante. Le froid de la nuit d'avant avait chuté sans prévenir jusqu'à moins 35^0 et j'étais sorti sans foulard. En plein mois de janvier. L'élévation soudaine de la température du corps réagissant me faisait claquer des dents. Et j'étais anormalement agité.

Je crois me rappeler que c'est à ce moment-là que j'ai vu Marie-Hélène pour la première fois faire l'amour avec un autre. Entre un intenable mal de tête et quelques convulsions plutôt inquiétantes, j'ai vu Marie-Hélène, devant moi, se faire prendre par derrière. La fièvre est alors devenue plus forte. Je délirais. Je disais n'importe quoi, mais il était question d'un homme plus grand. Je crois même qu'il s'agissait d'un homme aux cheveux blonds. Au fond, je ne faisais que délirer. Je ne vais quand même pas me mettre à croire aux délires prémonitoires, pas tout de suite. Il me reste encore quelques milligrammes de lucidité.

Toujours est-il que Marie-Hélène s'était bien occupée de moi. Avec des glaçons, des bains glacés et des débarbouillettes d'eau froide. La même technique employée par la Gestapo lorsqu'elle avait des secrets à faire avouer aux Juifs. Je prenais plaisir, souvent, à être malade. La guérison venait facilement. Je me mettais alors à feindre, tandis que Marie-Hélène faisait semblant de me croire, comme sait si bien le faire une femme qui aime, continuant de prodiguer ses soins. Elle le faisait souvent, pour quémander ensuite de la reconnaissance. Une autre fois, j'ai retrouvé tous mes vêtements, rangés, pliés, dans mon armoire verte. Je ne l'ai pas embrassée, le soir, en rentrant. J'ai oublié. Ou alors je l'ai fait, mais avec trop peu d'emphase. Au lieu de cela, je lui ai dit des mots d'amour; des trucs nouveaux. C'était insuffisant. Je ne l'ai pas compris; j'écoutais le hockey. Elle est allée se faire voir ailleurs. Je sais que maintenant, plus une femme, jamais, ne fera ma lessive. J'interviendrai bien avant, m'y opposerai; ce sera mon symptôme, la marque d'une fois passée où une femme m'aura fait le coup de la lessive, le coup de la crise et de la tricherie pour ne pas avoir l'air d'être à la fois soumise et heureuse.

J'ose penser qu'elle m'a trompé pour une histoire aussi banale. Rien que pour cela.

Je ne trouve plus le temps long. Je ne me sens pas inutile. Je ne fais rien. Toujours pas droit aux activités. Les autres sont en bas. On les fait bricoler, jouer au ping-pong et faire de la méditation transcendantale pour se détendre. En gros, ils se changent les idées; quand ils en ont plus d'une à changer, ce qui est assez fréquent. L'étage est presque vide. Le concierge en profite pour cirer le parquet. Les produits nocifs qu'il utilise sont mis sous clef. Une patiente, une fois dans le passé, a ingurgité en vitesse toute une bouteille de lave-vitre. Elle se prenait pour une sorcière du dix-huitième siècle, elle voulait se punir, se purifier de la souillure. Depuis, il faut demander pour avoir le plus petit savon.

L'homme attaché l'est encore. Je peux le voir, du corridor, à travers la double vitre. Il reste immobile, il ne fait rien. Un soluté descend goutte à goutte dans son bras gauche. Il semble regarder le plafond. Il est peut-être même mort à l'heure qu'il est, et personne ne s'alarme. Un homme, inutile, à 38 000 $ le lit.

Je n'ai pas envie de parler. Depuis mon lever, je n'ai presque rien dit. Je n'ai pas d'idées à changer. J'en ai à rayer. Je vois aussi les infirmières enfermées derrière les grandes vitres étanches du bureau. Certaines transcrivent les notes quotidiennes, d'autres parlent au téléphone ou préparent minutieusement les doses. Ici, les doses, on appelle ça le Mc Do. Le soir, tous à la queue leu leu, on attend de recevoir notre Mc Do. Toujours le même gag, toujours les mêmes comprimés multicolores, dévorés en fast-food. On ne m'a toujours administré aucun médicament.

Je ne parle pas. Les pensées sont là, pleines et vivantes. Les scènes se succèdent. La peur revient. Je pourrais presque les entendre gémir, Marie-Hélène et lui. Je me concentre tellement pour les entendre. J'y prends un plaisir de fou. Je les imagine dans cent positions, faisant l'amour avec une perfection inouïe. Je ne cherche pas à y penser, j'y pense, c'est tout. Tout le temps.

Elle va le revoir. Il va lui donner d'autres prétextes, lui remonter bêtement le moral. Il paraît qu'elle a le moral à plat. C'est François qui me l'a dit. Elle va sourire... rire. Avec son ignorance bien à elle. Elle va lui raconter son début de semaine, comme on raconte le dénouement d'un roman policier. Il ne se sentira guère responsable. Il l'écoutera, sera tout de même flatté de voir l'effet qu'a pu provoquer ses péripéties autour de lui. Il l'écoutera, ou fera semblant de le faire. Il va surtout vouloir la revoir nue. Il ne voudra que cela. Revoir le corps nu d'une traîtresse. Le corps dénudé de Jeanne d'Arc, avec ses petits cheveux courts, ses sourcils noirs et son orgueil. Jeanne d'Arc, lentement dégustée par les flammes qui montent, qui montent. Cette petite femme ligotée, sur la place du marché de Rouen, qui souffre, doucement, et puis qui hurle enfin, qui hurle à Dieu.

J'ai la nausée, un mélange bilieux me soulève. Je pense trop. Je pense à des choses qui me font peur. Je me lève, file d'urgence à ma chambre, dévie brusquement vers les toilettes.

***

Je me tiens debout dans les limites de ma chambre, près du cadre de porte. Juste à côté, la femme folle est enfermée. Caroline. Elle frappe contre les murs, donne de grands coups de pied dans la porte qui ne vibre pas d'un poil. Les coups s'estompent un instant, reprennent. Plus forts. Son lit est solidement vissé au plancher. Pas de fenêtre. Rien à faire. Je sors, croise mon voisin d'en face. Le 3078. On se regarde. Aucun bonjour de sa part ni de la mienne. Pas de comptes à rendre. Pas besoin. À ses yeux, je n'ai rien d'un prétentieux; je ne suis qu'un foutu. Il est ici depuis six semaines; il en a vu des psychopathes. Il a déjà fait dix-huit mois de prison, autrefois.

— T'es ici pourquoi, m'a-t-il demandé, hier matin, alors qu'on s'était tous les deux retrouvés côte à côte devant l'émission de Michel Louvain.

— Suicide. Toi?

— Prison : un an et demi.

J'ai pas voulu savoir pourquoi. C'est son affaire. On ne s'est rien dit d'autre. On ne se serrera jamais la main parce qu'on ne sera jamais des amis. Il s'en fiche que j'aie raté mon suicide, et espère peut-être que je me balance de sa prison.

***

Caroline est petite, massive, et passe l'essentiel de ses journées endormie sous le poids du Rivotril. Elle a les doigts et les bras tout gonflés par les fortes doses de médication qu'on lui injecte dans les fesses le lundi matin. Le plus embêtant avec elle, c'est qu'elle fixe les autres patients dans les yeux. On la libère de la chambre forte, et elle vient immédiatement se planter devant le premier venu qu'elle accuse du regard sans broncher. Très vite, elle insulte sa victime. Alors on la ramène à sa chambre. Si elle se débat, on l'attache. Les remontrances des infirmières ne lui font rien. Elle n'a peur de personne. Elle rit. On lui dit qu'elle n'écoute pas. Elle rit encore. Rien ne l'arrête. Elle agit dans cet hôpital comme un Jésus-Christ qui chercherait à se faire arrêter en plein marché par les soldats romains.

On la retient dans sa chambre, aussi, parce qu'elle est toujours en train de réclamer qu'on lui lave les cheveux. Elle le demande avec une telle insistance que les infirmières, au moins une fois par jour, finissent par céder. Alors ils la plongent dans le lavabo et font couler de l'eau. Caroline est tout de suite apaisée. On lui enroule une serviette autour de la tête et on la laisse aller. Caroline sourit, crie : «Regarde, papa, regarde, c'est ta fille! Regarde ta fille, Antoine Gosselin... ta fille!» Elle parade ainsi et fait le tour de l'étage. Elle entre dans chacune des chambres et crie ces phrases. On la laisse faire un certain temps. Puis on finit par l'enfermer de peur qu'elle fasse des dégâts. Il n'y a rien d'autre que le lavabo qui puisse la calmer.

L'autre soir, Caroline est venue se planter devant la télévision. Seulement pour déranger, comme le ferait un enfant. Je me souviens l'avoir fait moi-même, enfant, pour que mes parents ne m'oublient pas. À cause surtout du sentiment qu'il n'y avait rien d'autre qu'eux autour de moi, que mes parents étaient le monde entier et qu'ils allaient à tout jamais le rester. C'est un peu ce que fait Caroline. Sauf que le reste du monde entier, lui, l'a vite oubliée.

18

Il est 16 h. François téléphone. Sa bonne humeur, inchangée, m'épuise. Il me dit que Marie-Hélène est partie chez ses parents. À minuit, elle a craqué. Elle avait soudain besoin qu'on s'occupe un peu d'elle. Fatiguée de pleurer. Sa mère est venue la chercher d'urgence. Elles se sont enfuies, la mère et la fille, au ventre de Laurierville, à deux cents kilomètres de Sherbrooke. Je crois qu'à la mère, ça lui a fait vraiment plaisir.

Marie-Hélène va tout raconter. Elle qui disait vouloir leur cacher. Elle n'a pas tenu plus de vingt-quatre heures. Il y a sûrement plus d'avantages pour elle à tout avouer, en filtrant, en interprétant, à des gens qui vont la croire, sans équivoque, qui se foutent bien du fond du récit, qui l'aiment sans condition, qui ne lui donneront pas de fil à retordre. Ils ne sont pas là pour ça, les gens de la famille. Au contraire, ils vont se délecter de notre histoire. Marie-Hélène va ainsi se rebâtir une raison.

Elle va dormir près de son frère. Comme au temps de leur enfance. Il va lui caresser le dos jusqu'à ce qu'elle s'endorme. Comme au temps de leur enfance. La mère. La sœur. Le frère. Eux seuls.

Comme au temps de leur enfance.

L'univers au grand complet dans la maison du père. Du père qu'on a fichu à la porte. Ces vingt années d'une vie familiale ratée, en une soirée, jetées à la porte. Le père sans couilles qui n'a jamais protesté. Comme dans les films, quand on comprend que la mère a encore eu raison sur tout. Convaincue depuis le début que son mari n'était pas un père pour ses enfants, que je n'étais pas un gars pour sa fille. Cela ne fait désormais plus de doute. L'hospitalisation le confirme. Comme dans une très vieille histoire où chaque personnage est unidimensionnel, je suis le fou et elle, la victime. Le père est en voyage, la mère est maître à bord. Les méchants sont bien enfermés, mis à l'écart. Comme au temps de leur enfance.

On l'avait prévenue, Marie, de ne pas sortir avec moi. Ses amies le lui avaient dit. Ses anciens copains aussi s'en étaient mêlés. Elle n'a pas écouté. Tant pis. Ils sont maintenant disposés à la consoler. Forts d'avoir eu le dernier mot, ils peuvent s'engager pour n'importe quel Viêtnam. Ils attendaient ce moment les bras ouverts, comme on attend la parousie.

Le quai s'éloigne. Le fleuve s'élargit. Même avec un fusil, je ne pourrais pas lui faire entendre dans quelle merde gluante elle est en train de s'enliser.

***

La vie de famille retrouve donc son cours normal. Le diable (le vrai) l'emporte. Maxime est à l'autre bout du monde. Enfermé. Marie-Hélène récupère sa place et réintègre ses fonctions de petite Cendrillon. Elle demande pardon à la mère de ne pas avoir su obéir à sa vieille expérience. Insouciante jeunesse, va! La famille se retrouve. On ressent les bonnes choses d'autrefois, la douce névrose du foyer. Une île. Les gens qui écoutent, sans jamais se contredire. Ces cons qui voient la vie telle que nous l'avons toujours vue, qui nous aiment, invariablement. La famille, autosuffisante, seule et unie. Le père qui ne s'engage en rien, qui est sans opinion. La mère qui s'accroche. Le frère qui a de la diarrhée et des coliques depuis sa naissance, de l'asthme, des otites et de l'eczéma, qui ne peut ouvrir la bouche sans être stupide, qui n'ouvre la bouche, de toute façon, que pour s'y mettre un joint. La sœur qui s'ingère. La sœur et la mère, ensemble, combinant leurs forces pour briqueter la porte et les fenêtres. Les femmes de la maison qui font des provisions. Le petit chien qui hurle. Le seul à ne pas être complètement d'accord avec tout cela. Le seul qu'on fait dormir à la cave.

La belle-famille n'a jamais voulu de moi. Elle me faisait la guerre avant même que j'existe. Peut-être qu'au fond c'était perdu d'avance.

J'écoute François. J'interprète, faute d'information. Pas longtemps. Comme chaque fois, c'est moi qui demande de raccrocher. Je prétexte la fatigue. Je lui dis que je vais rappeler un peu plus tard. Je reste ensuite insipide dans le couloir, entre ma chambre et les toilettes. Je ne sais plus où aller m'effondrer.

19

On ne peut pas dire que j'ai beaucoup de souvenirs de ma relation avec Marie-Hélène. On dirait plutôt que tout a réellement débuté avec cet hôpital. Les efforts que je fais constamment pour retrouver quelques bons moments ne mènent nulle part. Un écran s'est tendu entre le passé et la dernière semaine. Un écran ou un mur de briques.

Marie-Hélène est entrée dans ma vie au moment de mon internement. Elle était là, avant, mais je n'en ai plus la mémoire. Je sais qu'elle était là parce que, sans cela, ma venue ici n'aurait pas de sens. Car personne d'autre que Marie-Hélène n'aurait pu me faire interner. Je le sais parce que je le raconte souvent : au psychiatre millionnaire, à Madeleine et à Véronique, à François et à Roxane. Chaque fois, sans y penser, c'est cette histoire-là qui sort de moi. Avec plus de détails de fois en fois. Je parle d'une Marie-Hélène.

J'ai perdu les souvenirs de ce début d'amour. À partir de samedi soir, toutefois, les choses deviennent limpides. Samedi dernier. Ce serait inutile d'aller plus loin en arrière. Je n'en ai pas le courage. Bien entendu, je me rappelle avoir fait des centaines de photos. Elles sont chez moi, bien rangées dans une boîte à chaussures. Elles m'aideraient sans doute à me rappeler. Mais je ne suis pas certain de vouloir me rappeler. Sans mémoire, donc, je commence à partir de samedi, déjà avec le mois de mars.

Nous n'étions pas bien différents du reste du monde. Humainement, nous nous acharnions à construire quelque chose. Même que nous nous sommes acharnés longtemps. Je ne sais pas vraiment pourquoi. Je ne sais pas non plus si je l'ai déjà aimée, cette fille. Je crois que, si je l'avais aimée, il m'en resterait des traces aujourd'hui. Or, il ne reste rien.

Il ne me reste rien de mon amour pour elle et pourtant, tout est là. Une existence assez paisible. Une relation de quatre mois, aussi intense qu'un tour de navette spatiale, juste avant qu'elle n'explose. Le cul, le cul, encore le cul, cent cinquante fois par jour. Le partage de tout, les confidences, le bonheur. Puis l'hiver. Le quotidien. Les signes avant-coureurs que personne n'a voulu voir : l'ennui... la crise... la vengeance... le coup. Le seul vrai coup dur de toute ma vie.

***

J'ai d'abord quitté Marie-Hélène l'espace de dix jours, très exactement. On se disputait souvent. De plus en plus souvent. Les querelles s'intensifiaient. Marie-Hélène pouvait partir retourner vivre chez elle plusieurs fois par semaine. De son appartement, plus souvent qu'à son tour, elle me téléphonait, raccommodait la situation, me demandait pardon. Cette vie débile a duré un bon moment. On faisait comme si on s'était trouvés cons, cons d'avoir crié aussi fort, fous de s'être dit ces choses qu'on n'avait pas vraiment pensées. On s'embrassait. On faisait l'amour. Et nos vies s'enchaînaient. Ce rythme, c'est Marie qui nous l'avait imposé. C'était visiblement facile pour elle, d'oublier les petits côtés noirs. Mais pour moi, les choses n'allaient pas si bien.

On s'engueulait. Je perdais le contrôle. Sa faiblesse à l'égard de sa famille qui la manipulait et qui, ensuite, m'accusait de manipuler Marie-Hélène, me rendait fou. La belle-mère que j'aurais dû tuer à coups de machette dès l'instant où je l'ai rencontrée. Les silences pour éviter les conflits, les non-dits que je ne pouvais plus ne pas entendre. Il est clair que, à la fin, j'avais de plus en plus de mal à contenir la colère qui, chaque fois, à cause de ces disputes, s'accumulait. J'aurais voulu, mais c'était plus grand et plus fort que tout.

Marie-Hélène est finalement partie. Une journée, puis deux, puis trois. Elle téléphonait, je résistais à sa demande, à ses déclarations tragico-vaudevillesques. Elle pleurait. Je gardais obstinément la gueule fermée.

Je l'écoutais sangloter, me demander de la reprendre. Je refusais. Je ne sais trop pourquoi. On aurait dit que j'avais quelque chose à lui faire payer. Une dette que, même en travaillant des siècles, personne, sauf elle, n'aurait jamais pu rembourser. Cette femme avec laquelle j'avais vécu, qui s'agrippait maintenant au bout du fil de téléphone, suppliante. Nous raccrochions. Je retournais me coucher, convaincu d'avoir fait ce qu'il fallait. Je me sentais seul. Marie-Hélène, de son côté, pleurait toute la nuit. On s'était laissés par principe, après s'être fait croire que la séparation nous allégerait l'un et l'autre. Nous luttions pour y croire. Nous nous étions imposé ce régime. Nous restions ainsi, bornés, chacun chez soi.

Je ne sais pas pour Marie mais, en ce qui me concerne, le silence de mon appartement commençait à devenir de plus en plus lourd à porter. Il faut dire que Marie-Hélène l'avait habité durant quatre mois. Marie-Hélène habitait le silence, tout le silence de chez moi, depuis la fin du mois de septembre. Je continuais donc de compter les jours.

Puis j'ai rencontré Roxane. Nous suivions le même cours sur l'essai littéraire québécois. C'était Jacques Beaudry qui le donnait. Le même Jacques qui est venu me porter du café délicieux l'autre matin. Roxane s'asseyait souvent à côté de moi. Elle était grande et belle, un sourire de pierre, splendide, des cheveux à la limite de la rousseur et la timidité des femmes qui ne connaissent pas leur beauté. La proie idéale.

J'ignore comment, mais Marie-Hélène l'a tout de suite su. Elle a su qu'une autre fille, peut-être plus docile, occupait déjà sa place. Elle a pleuré encore, et encore. À cause de Roxane avec qui j'avais couché presque sans attendre. Elle a pleuré, Marie-Hélène. Je pouvais en prendre une autre. N'importe qui aurait fait l'affaire. Roxane convenait. Elle était si belle, encore plus qu'aujourd'hui. Une femme grande et exagérément patiente. Une femme totale dès les premiers instants. Un grand sourire sans plombages, la beauté sortie d'une banlieue, douce, gentille et écologique.

Je faisais maintenant l'amour avec elle. Pour être à la hauteur, à la hauteur de cette superbe femme-Roxane débordante de nouveauté, j'ai découvert l'alcool. Comme un adolescent découvre la fille toujours assise dans la rangée de devant, j'ai découvert l'alcool. J'avais peine à parler, je ne faisais plus que boire. Dès sept heures le matin, tout de suite après le deuxième café englouti sans toasts, je me préparais un premier gin. Je me sentais vieillir. Je n'écoutais pas ce que Roxane disait. Je me foutais complètement de cette femme, placée là stratégiquement pour faire transition entre un bonheur perdu et un avenir que je n'osais plus regarder en face. Je buvais, j'étais mal. Roxane aussi, un peu effrayée. Je buvais : du vin, du porto, du scotch, n'importe quoi, du moment que ça se buvait. J'ai même bu de l'eau de Javel. Et je laissais boire Roxane qui ne se faisait jamais prier pour s'envoyer en l'air, pour m'entendre parler en mal de Marie-Hélène. Je lui racontais ma vie sans chercher à savoir si elle comprenait. J'oubliais sa compagnie. Je ne m'intéressais pas à elle. Non, elle ne m'intéressait pas. Je lui parlais comme j'aurais parlé à Marie-Hélène. Je me répondais comme j'aurais souhaité qu'elle me réponde à son tour. Je niais ainsi Marie-Hélène, énergiquement, et je niais Roxane du même coup. Il n'y avait plus que moi, seul, à m'expliquer, à m'excuser, m'adressant lâchement à la mauvaise personne. Ce cirque durait facilement plusieurs heures. Nos soirées tournaient vite au ridicule. Parce que l'alcool a ses limites.

Le charme s'est vite rompu. Jamais je ne me suis cru. Je savais trop bien que cette situation était ridicule. Mais avec le gin et les cachets d'aspirine, j'arrivais à faire semblant d'y croire. Marie-Hélène continuait de m'appeler, de me réclamer. Elle m'attrapait parfois alors que j'étais justement en train de lui parler à travers Roxane. Je prétextais les travaux scolaires, le manque de temps à lui consacrer. Je disais que la vie avait changé, que je ne l'aimais plus. J'entendais ses pleurs, tout petits, et je raccrochais quand même, m'empressant de reprendre avec Roxane mon inflexible discours, solidement frelaté, là où je l'avais laissé. Comme si le téléphone n'avait jamais sonné. Il m'aurait fallu une secrétaire grassement payée pour envoyer paître Marie-Hélène à ma place ou simplement pour lui faire croire à mon absence. Je faisais moi-même le boulot ingrat. Le pire, c'est que je ne me débrouillais pas si mal. On aurait déjà dû m'enfermer à ce moment-là.

Dix jours sans Marie-Hélène. Et le printemps qui n'avançait pas, qui restait là, largué, entêté. Le printemps que je détestais toujours autant, que j'ai toujours détesté de toute façon, autant qu'on puisse haïr une saison, et plus encore.

J'étais à bout de nerfs. Le jour, je débranchais le téléphone. Je fermais tous les stores de mon appartement, restais dans le noir, n'allais plus à mes cours. J'espérais trouver dans la solitude et dans l'absence de contraintes un réconfort inédit. Je n'avais envie de rien d'autre que de cette solitude qui, lentement, m'achevait. Je ne lisais pas, ne regardais surtout pas par la fenêtre, ni la rue ni la vie des autres ni tout ce que j'aurais pu voir et qui m'aurait fait sortir de cette délicieuse souffrance. J'ignorais mes amis. Je ne voulais plus rien savoir des bars du centre-ville, n'écoutais plus de musique. Je ne faisais plus rien pour vivre, mais tout pour crever.

***

C'est la voix de Marie-Hélène. «Tu ne dors pas?» Elle parle faiblement. Je comprends qu'elle vient de pleurer, qu'elle est fatiguée, ralentie par la semaine qu'elle vient d'encaisser. La semaine de dix jours. La même que la mienne. «Non, je ne dors pas encore.» Je lui réponds avec l'angoisse du condamné qui craint sa sentence, comme un dernier reproche. Mais Marie-Hélène ne m'a pas téléphoné pour ça. Je regarde l'heure. Il est minuit passé. Je n'avais pas remarqué qu'il faisait complètement nuit. Je crois que je suis en train de devenir fou. Mais il y a Marie-Hélène au téléphone qui me retient. Je ne bouge pas. Je ne dis rien. J'attends.

— As-tu le temps de me parler?

Évidemment que j'ai le temps. Je n'ai que ça, du temps.

— Oui. Je ne dors pas encore. Qu'est-ce que tu fais?

— Je ne travaille pas. J'ai demandé congé. J'ai dit que j'étais un peu malade. Isabelle a accepté de me remplacer.

Je ne dis rien. J'écoute.

— Tu es là? reprend-elle.

— Oui.

— Est-ce que tu t'ennuies, au moins?

Je réponds que oui. Tout de suite. Sans y penser.

— Moi aussi. Tu me manques. Tu me manques encore.

Marie-Hélène s'arrête. Elle ne sait pas si elle doit dire ce qui lui vient. Les mots qu'elle aurait besoin de prononcer, une seule fois, pour enfin dormir. Je prends la conversation en main.

— Tu as quelques amis? Il me semble t'avoir vue, hier midi, sur la Wellington, avec Marc et un autre gars.

— Oui, c'est Casuel. Depuis qu'il est revenu de France, il voit Marc plus souvent. On est seul tous les trois, alors on essaie d'organiser des sorties ensemble.

— Et ça marche?

— Bof!

Je me doute tout à coup de ce que me cache Marie-Hélène. Je n'ose pas lui demander quelles sont ses intentions envers ce Casuel. Je garde le silence.

— Il s'est pris un petit appartement en ville, ajoute-t-elle, c'est pas vraiment beau, mais c'est surtout pratique et pas cher.

— Il t'intéresse, ce gars?

J'ai risqué la question. Je me fous de ce que cela peut laisser paraître. Marie-Hélène a l'opportunité de me raconter n'importe quoi et de reprendre un peu de terrain.

— C'est pas un gars laid. Il est seul.

Il doit donner dans le piteux. Marie-Hélène va craquer, comme toutes les filles qui fondent en face des types paumés. Elle change subitement de sujet afin de ne pas trop calmer mon angoisse et pour me laisser croupir dans l'insécurité. Je connais cette stratégie. Je n'ai pas le choix. Au fond, il me faut assumer le fait que j'ai quitté Marie-Hélène, qu'il y a Roxane qui la remplace, qu'elle le sait, et que lui reviennent, comme autrefois, tous les droits de la femme célibataire. Également celui de s'envoyer n'importe qui, quand elle le veut, quelle que soit la condition en jeu. J'ai le cœur qui bat très fort, le cœur ou quelque chose d'autre, je ne sais pas, une tension quelconque, immodérée.

— Je te téléphone parce que j'ai laissé des choses chez toi.

— Oui, je sais. Des disques.

— Des disques et puis mon gros chandail de laine.

Marie-Hélène n'a pas l'air de jouer. Elle est orgueilleuse, comme il est peu commun de l'être. Elle ne laisse rien paraître. Elle veut récupérer ses affaires. C'est normal. Peut-être anormal de me téléphoner à cette heure-ci pour m'expliquer qu'elle a besoin de ses disques. Mais je n'en fais pas de cas. C'est inutile. Je pense qu'elle voulait juste s'assurer que tout allait bien, que je gardais mon calme, malgré tout, et surtout que je n'étais pas trop indifférent à elle, à ce qu'elle faisait maintenant, à ce qu'elle comptait faire ce printemps.

— Bon bien, faudra que tu viennes les reprendre.

Je m'assois par terre. J'attends encore. Je ne lui fais pas croire que je suis heureux, mais je n'en rajoute pas plus qu'il n'en faut. Je lance :

— En attendant, tu fais quoi?

— Rien. Je ne fais pas assez de choses pour oublier que tu n'es pas là.

Je fais l'idiot. Je suis bon pour faire l'idiot.

— Qu'est-ce que tu veux dire?

— Que les amis que j'ai, en ce moment, c'est faux. Que je suis prête à ramper pour que tu me reprennes...

Je l'arrête aussitôt. Je suis incapable de supporter autant de passivité. Même si elle est naturelle. Je ne sais pas quoi en faire, je me sens vite responsable. Marie-Hélène ne m'écoute pas. Tout de suite elle reprend :

— Je veux te revoir. Roxane, c'est faux ça aussi.

Je sais qu'elle a raison. Mais ce n'est pas quelque chose qui s'avoue aussi délibérément, un peu par respect pour elle, par respect pour Roxane.

Je me couche par terre. Soupire. Je ne sais pas si c'est le moment de lui dire que je veux moi aussi la retrouver. Je n'ai pas réfléchi durant cette conversation. Je parle, sans penser. Je ne sais toujours pas si j'aime Marie-Hélène, mais je sais que je n'aime pas Roxane, qu'elle le sait, aussi bien que Marie-Hélène, que tout le monde le sait, que c'est l'évidence, qu'on fait souvent des mauvais choix quand vient le temps de passer à autre chose. Je le sais, mais ça ne se dit pas. J'hésite, puis je lui demande quel jour on est.

— Samedi.

Je savais très bien quel jour on était. Je sais que Marie savait que je savais. C'était rien que pour me préparer à avancer quelque chose de plus risqué. Le cœur repart, comme il y a huit mois, lorsque j'avais décidé de parler à Marie-Hélène pour la première fois, à la fin d'un cours sur l'histoire du théâtre grec.

— Bon. Tu es couchée?

— J'ai mon pyjama, mais je ne suis pas encore couchée.

—Tu es fatiguée? Je veux dire, tu vas te coucher bientôt?

— Peut-être. Je vais me faire une tisane, puis je vais essayer de dormir...

— Tu veux venir?

— Oui. Je m'habille et j'arrive.

Nous raccrochons. Marie-Hélène habite à dix minutes de chez moi. Elle sera ici bientôt. Je reste allongé un instant par terre. Je regarde le plafond, sans penser. Je ne calcule pas. Je m'en fous. Il me faut la revoir. Revoir Marie-Hélène. Je me suis débrouillé pour qu'elle vienne. C'est tout. On va faire l'amour, c'est évident. Et puis on va se réveiller demain matin, sans revenir là-dessus, comme il se doit. Et puis on verra. On verra, chacun pour soi, si on a envie que l'autre reste, si l'autre à son tour a envie de rester, si on a envie de ne pas en reparler.

Je laisse mon cœur reprendre son rythme normal.

Je verrai plus tard à propos de Roxane. Je veillerai à ce qu'elle ne revienne pas. Elle comprendra. Sinon, ce sera la même chose. Ce n'est pas qu'elle soit moins belle que Marie-Hélène. C'est plus compliqué. Une fois, des amis à qui je venais de présenter cette nouvelle prise, dix-huit heures seulement après ma rupture avec Marie-Hélène, m'ont fait un signe comme quoi cette fille était vraiment quelque chose. En plus de ses qualités sans nombre, Roxane était selon eux tout ce qu'il me fallait. Objectivement, elle l'était. Si j'avais demandé l'aide de Dieu, c'est probablement une femme comme Roxane qui me serait tombée dans les bras. J'aurais pu m'en contenter, être heureux, tout simplement, mais je n'ai pas fouillé jusque-là. Je m'en fiche. Pour moi, Roxane a été le meilleur amour transitionnel que l'on puisse trouver sur le marché. Je la reconnais ainsi. Je n'en veux plus. Et je n'en ai surtout pas fini avec Marie-Hélène.

20

En revenant dormir chez moi, Marie-Hélène me redonnait toute l'importance que je lui avais demandé d'effacer au moment de notre rupture. Sans le dire trop clairement, elle s'est avant tout montrée hantée par la peur de me voir avec une autre. Nous avons donc décidé de revivre ensemble. Nous étions encore un peu ébranlés par la dernière dispute, laquelle remontait à près de onze jours. Mais nous comptions sur le printemps. Même si c'était idiot. On se disait que le bonheur reviendrait avec l'été. Que c'était la faute au mauvais temps. Que c'était une chance que tout cela ne se soit pas produit en Normandie, là où le soleil n'existe pas. C'est ça, c'était la faute aux nuages.

L'attitude de Marie me montrait que je n'avais rien détruit. Ce bordel n'avait eu aucune conséquence entre nous, ni chez elle ni chez moi. J'y croyais. On avait la volonté. Le désir qui revenait. Qui était justement revenu hier soir, au milieu de l'ennui. L'aventure-Roxane était déjà effacée. La dernière dispute n'avait pas eu lieu. Comme quand on hallucine et que, pour mieux guérir, on prétend n'avoir rien vu.

J'ai repris mes activités quotidiennes. L'université, l'hypocrisie des professeurs, l'hypocrisie de tous ces gens qui gagnent plus de cinquante mille dollars par année, Marie-Hélène, comme avant, Roxane au fond d'une poubelle. Malgré cela, le présent s'annonçait un peu moins euphorique qu'il ne l'avait été jusqu'à maintenant. À cause de cette dernière coupure, tout de même un peu plus difficile que les autres à suturer.

Nous avions une réunion chez François le dimanche soir suivant. Il nous fallait discuter la mise en pages du troisième numéro d'une revue littéraire que nous avions fondée en septembre avec quelques autres étudiants de la faculté. Le projet allait bon train. Ces réunions étaient toujours pleines de rebondissements, de dérision et de règlements de comptes. Je me suis toujours entouré d'intellectuels malhonnêtes afin de constamment m'assurer que je ne leur ressemblais pas. Je les endure un instant. Et puis je les oublie. C'est ainsi depuis des années. Le premier numéro de cette revue avait été au-delà de nos espérances. Nous poursuivions donc les efforts. C'était obligé.

De la force, il ne m'en restait plus beaucoup. Mais j'étais tout de même là, à chaque réunion, quoique distrait. La force, je l'avais perdue dans un détour, entre Marie-Hélène et Roxane. J'avais beau dormir, prendre du soleil et des vitamines, répondre calmement à tout ce qui m'était demandé, je ne reprenais rien de ce que j'avais perdu. Marie était revenue. Deux jours avaient passé depuis son retour.

C'est après cette réunion que tout a basculé. Dans la soirée, j'avais téléphoné chez moi, pour voir si Marie allait répondre. Rien. Toujours le répondeur. Puis j'ai essayé chez elle. Je suis tombé sur son coloc. Un crétin. Il ne sait pas où elle est. Il dit qu'il ne l'a pas vue depuis plusieurs jours. Il croyait qu'elle était chez moi. Je dis qu'elle est effectivement revenue habiter à l'appartement, mais que ce soir, elle n'y est pas. Je pense que je m'inquiète pour rien. Je sais qu'elle m'aime. Je l'entends me le répéter, tout juste cet après-midi, dans le cadre de la porte, avant qu'elle n'aille à la bibliothèque chercher des bandes dessinées.

François m'a demandé si j'avais envie d'aller aux Graffs avec lui, comme on le faisait souvent le dimanche depuis bientôt un an. Après les réunions, la bière était toujours la bienvenue. On en abusait tout le temps, avec des prétextes divers. Puisqu'on était des étudiants. Notre vie n'était pas bien compliquée. On se levait à des heures impossibles. Nous avions tout l'argent nécessaire pour fréquenter les Graffs, trois ou quatre fois par semaine, nous acheter deux gigantesques pichets de bière et passer une partie de la nuit à battre tout le monde au billard, à danser, à faire semblant de s'esclaffer et de ne pas avoir de soucis. Notre vie n'était pas tellement compliquée.

L'idée des Graffs n'était pas mauvaise. Je n'avais surtout pas envie de rentrer. Il était 21 h. Il n'y aurait personne sur la piste de danse, pas plus qu'à la table de billard. L'endroit serait tranquille. On allait boire un pichet, et puis on allait peut-être danser aussi, pour ne pas faire différent des autres fois. Vers 23 h, j'ai retéléphoné. Toujours pas de réponse. Encore ma voix au répondeur.

J'ai finalement terminé mon verre de bière et François n'a pas tenu à rester plus longtemps. Comme toutes les fois où nous revenions ensemble des Graffs, je passais par la côte King et faisais un bout de chemin avec lui. On a marché lentement, comme en flânant. Il me semble qu'il faisait un peu froid. Juste avant d'arriver à la hauteur de la rue Alexandre, François s'est retourné et a vu Marie-Hélène qui montait vers nous. Elle nous avait aperçus de loin, mais n'arrivait pas à nous rattraper. Nous nous sommes arrêtés pour l'attendre. Elle a souri en s'approchant. Gênée parce qu'on la regardait. Un sourire désavoué au coin du regard, différent de ses sourires habituels. J'étais inquiet. Je ne disais rien. Derrière elle : la rue Wellington.

François a parlé jusqu'à ce qu'on se sépare à la hauteur de la rue Alexandre, sans que personne ne l'écoute. Il avait senti l'épaisseur du silence qui tout à coup menaçait de s'installer avec l'arrivée subite de Marie-Hélène. C'est pour cette raison qu'il avait tant parlé. Pour inonder le silence de paroles vides, fournies à la tonne. Sans même attendre qu'on lui réponde. Au coin de la rue, on s'est serré la main, Marie-Hélène lui a fait la bise. On s'est dit qu'on allait s'appeler le lendemain, puis il a pris la direction de chez lui.

***

Je me retrouve seul à seul avec Marie-Hélène. Nous marchons vite. Je pense qu'il fait froid, qu'il y a du vent et que Marie-Hélène n'a pas de foulard.

— Je suis allée avec Casuel.

Je ne réponds rien. Je ne comprends pas trop ce qu'elle entend par là. Elle reste à son tour silencieuse. Les secondes passent. J'imagine qu'il vient de se passer quelque chose d'anormal. Sa respiration me semble haletante. Je veux savoir. En même temps, je préférerais n'avoir rien entendu. Et faire comme si tout allait bien. Elle a les yeux tout roses et marche la tête basse. Elle continue.

— C'était dégueulasse. J'ai eu envie de vomir.

Quelque chose de très désagréable menace d'éclater dans mon ventre : un feu d'artifice, un cocktail molotov anti-juif ou quelque chose du genre. Ce qu'elle dit est imprécis. Je ne comprends pas et cela me fait mal.

— Quoi, lui dis-je, vous avez baisé?

— Oui. Mais je n'ai cessé de penser à toi en le faisant.

Le «oui» qu'elle vient de prononcer, naïvement, de l'urgence plein la voix, me tombe dessus comme un piano lancé du haut d'un dixième étage, avec le banc, le lutrin et toutes les partitions. J'entre mes mains dans les poches de mon veston. Je ne dis rien. Je manque de mots. Puis me risque à construire une phrase avec le peu de logique qui arrive à s'articuler dans ma bouche engourdie, transie par le froid. «Mais pourquoi l'as-tu fait, si c'était dégueulasse?» Cette phrase est sortie très lentement, avec un calme délicatement conservé, emprunté.

— Je ne sais pas.

Une superbe colère cherche à se frayer un chemin en moi. Une colère comme celle que l'on a devant l'absurde, l'inexorable qui n'a pas de raison d'être; absurde comme le petit écolier qu'on refuse d'écouter et que l'on condamne pourtant au petit coin. J'insiste.

— Pourquoi lui? Mais pourquoi?

Je retiens mon envie de hurler. Marie-Hélène sent que la compassion qu'elle espérait trouver en m'avouant tout n'est pas au rendez-vous. Elle se tait. Ce qui est pire encore. Une minute passe. Je reprends la parole. «Je ne comprends pas (et c'était vrai, je ne comprenais pas). On s'est embrassé ce matin. Il me semble qu'on était prêts à tout reprendre.» Je m'énerve. Je voudrais rester calme, mais ça ne marche pas. «Bordel! tu m'as encore embrassé ce matin avant de partir! Je n'ai quand même pas rêvé!»

Surtout qu'on avait fait l'amour ce matin-là, dès le réveil. On avait voulu se rattraper. Enfin, je ne parle plus. Je réfléchis un peu. Je me tâte pour savoir si, spontanément, je peux l'accepter, si c'est aussi grave que ça en a l'air au cinéma. Nous marchons. Marie ne dit rien. Nous marchons encore. C'est la nuit dans la rue Alexandre.

— Je n'ai pas aimé ça, chéri, c'est avec toi que j'aime faire l'amour.

Et bien alors pourquoi? C'est la question qui s'impose. Et en plus, elle m'appelle «chéri». Ce qu'elle fait laisse toute la place au mensonge. À rien d'autre qu'un mensonge que j'entrevois, que je n'ai pas envie de comprendre, mais qui me tient en joue. Je ne sais plus parler. Je les imagine en train de baiser, elle et Casuel, en un flash. Il baise ma femme. La femme que je croyais m'être réservée. Tout à coup, je me mets à croire à la fidélité. Tout à coup, je me sens devenir romantique, je me sens devenir violent.

Je marche encore plus rapidement. L'instant est bousculé, j'ai des idées qui se précipitent. Tout arrive en même temps. Marie accélère également le pas. Elle voudrait être ailleurs. En Chine, sur une montagne, perchée dans un arbre. Ma première réaction est de tout abandonner. De l'abandonner, elle, de la laisser à ses mensonges. Je me sens trahi. Aussi simplement qu'une trahison sait trahir ceux qui nous aiment.

J'ai le souvenir de cette image-là. Marie-Hélène perdue dans son manteau de laine à carreaux, remontant la côte King et s'approchant de moi, revenant de là-bas. Dans quelques minutes, la femme que j'aime deviendra la femme que je déteste le plus au monde : Marie-Hélène dans son manteau de laine à carreaux.

Certains, selon l'époque, sont habités par des images de guerre, d'autres de camps de concentration ou de femme que l'on viole. Moi, j'ai l'image de Marie-Hélène remontant la rue. Cette image-là restée en tête, incrustée, cette image de Marie-Hélène remontant la côte King, dans son gros manteau à carreaux, comme une dernière image, comme ce qu'aperçoit le noyé quand il sait qu'il est en train de se noyer, quand il constate que Dieu met un temps fou à venir le sortir de là. Et que chaque fraction de seconde est, à ce moment, cruciale.

Nous marchons. Elle me cherche. Une panique se décide enfin. Je lui dis que je ne veux pas rentrer avec elle. Je m'emprisonne dans un semblant d'impassibilité, renonçant à répondre à tout ce qui allait se délier, rapidement, malgré moi.

Marie-Hélène se fâche. En une minute, elle devient folle. Elle m'accuse de tout. La peur de tout perdre, comme ça, stupidement, un vendredi soir, la rend folle. Je ne parle pas. Je suis sûr de ne pas vouloir dormir avec elle cette nuit. J'utilise cette assurance, en partie, pour ne pas avoir à réfléchir au drame qu'elle vient de provoquer, à ce que Marie-Hélène m'inflige comme si de rien n'était. Elle recule. Elle me regarde avec rage. Balbutie quelque chose. Rebrousse chemin rapidement. Elle part en direction de son appartement. Je la traite de conne. «C'est ça, retourne donc te faire consoler chez Casuel. Crisse de conne!» Je crie ces phrases en pleine nuit. Sous les réverbères.

Marie-Hélène ne se retourne pas.

L'appétit d'une violence tout à fait homme s'aiguillonne en moi. La jalousie qui rend meurtrier, cette attirance qui enraye toute forme de pensée rationnelle. La jalousie, ce soir, tout à coup, plus que jamais dans ma vie. Plein de cette masculinité qui se gonfle en moi. Cette masculinité qui donne envie aux hommes tranquilles et sereins de battre parfois les femmes. Pour leur faire payer, à elles, le choix qu'ils ont fait, au détour de leurs quinze ans, d'être hétérosexuels jusqu'à la fin de leurs jours.

***

Je rentre chez moi, pose mes clés sur la table de la cuisine. J'oublie de retirer mon manteau. Le téléphone sonne. C'est Marie-Hélène. Je n'ai pas le temps de prononcer la moindre chose qu'elle crie déjà. Je me resserre. Je me tasse. Je fais l'indifférent. Je ne sais pas quoi faire d'autre. Je tiens le téléphone comme si je m'y agrippais.

— Toi aussi tu m'as trompée avec Roxane.

— Peut-être, mais moi au moins... moi au moins j'ai attendu de te laisser avant d'aller avec elle.

Marie-Hélène respire fort.

— C'était pour savoir si un autre pouvait encore me désirer.

Je le savais, moi, qu'un autre pouvait la baiser. Elle n'avait qu'à me le demander, j'aurais pu le lui dire. J'aurais même pu lui donner des détails. Mais elle ne m'aurait pas cru. Dans ma tête, je le lui dis : «Tu ne m'aurais pas cru de toute façon. Tu ne me crois jamais. J'ai envie de te frapper, là, en ce moment, ici sur le trottoir. Je ne t'ai pas dit que je t'aimais, moi, avant d'aller me faire voir chez Roxane...»

— C'est parce que je t'aime trop, dit-elle.

— C'est pas possible ce que tu es en train de faire.

Sa voix tremble différemment. Sa voix change. Je crois qu'elle pleure.

— C'est parce que je t'aime.

Je reste silencieux. Je ferme les yeux. Je me dis que je suis peut-être en train de perdre patience pour l'é-ternité, que je suis peut-être en train de devenir nazi.

— Tu ne m'avais pas prévenu que t'allais te venger de Roxane.

Je la sens qui cherche.

— Je ne l'ai pas fait pour te faire du mal.

— Je vais me sentir con si je fais l'amour avec toi à présent.

Marie-Hélène se remet à parler en criant. Elle trans-forme la réalité sans me prévenir. J'aurais besoin de casser quelque chose, la télé ou l'écran de l'ordinateur. Je verrai, tout à l'heure, s'il n'y aurait pas quelque chose que je pourrais démolir sans me ruiner.

21

Deux jours ont passé. On s'est parlé, mais on ne s'est rien dit. On en est arrivé, ou plutôt j'en suis arrivé à croire que je pouvais lui pardonner. Je crois que les gens font souvent ainsi quand ils n'ont pas la fermeté de faire face à l'extrême : ils oublient. J'avais vu cela souvent. Des gens qui ne savaient pas comment se tenir debout devant l'impossible, préférer être traités comme des imbéciles, faire comme s'ils n'avaient rien vu, jamais rien entendu, jamais rien compris. Et se planter devant la télé pour regarder *La p'tite vie*. Et se mettre à parler de la température du prochain week-end, et de la violence régnant sur le Centre-Sud de Montréal, et du prix des loyers. J'ai souvent ragé contre ces morts-vivants, et me voilà à présent comme eux, plié en deux, à y trouver du plaisir.

Il ne me restait qu'un projet : tout savoir. Il me fallait tout comprendre. Ce n'est pas tant l'envie de comprendre pourquoi Marie-Hélène s'était rendue jusque chez lui que de savoir ce qui s'était réellement passé, en détail, scrupuleusement. Nous nous sommes rendus ainsi jusqu'au dimanche soir. Je voulais savoir. C'était

un besoin. Je voulais recevoir la chose telle qu'elle s'é-
tait produite.

J'ai donc fait semblant. J'ai fait mine de m'en remettre. C'était difficile. Comme un choix obligé. Je blê-
missais. Je ressens encore cette blancheur, sur moi et à
l'intérieur de moi, quand je repense à ce dimanche soir.
Alors que je me retranchais maladroitement, fragile-
ment maintenu entre mon oreiller et l'atmosphère de
la chambre toute noire. La chambre immergée, elle
aussi. Marie-Hélène couchée près de moi. Prête à se
vider.

Je ne savais encore rien. J'ai demandé. Je n'ai pas
demandé pourquoi. J'ai demandé comment. Comment
depuis le début. Depuis le tout début de la soirée. Avec
minutie. Je me rappelle cette lucidité que j'ai retrouvée
durant cette heure-là, comme en dernière instance.
Comme si je traversais une phase maniaque. J'ai demandé. Marie-Hélène a résumé. Et je savais exactement
là où elle se trompait, là où elle rétablissait, là où elle
réduisait. C'était comme si c'était moi qui avais vécu la
soirée à sa place, et que je lui demandais à elle de re-
jouer la scène. J'étais couché près d'elle. Je l'écoutais de
toute ma présence, entièrement, pour ne pas perdre le
plus petit détail, sans rien laisser au hasard. Je recon-
struisais dans ma tête la soirée de Marie-Hélène et de
Casuel, en parallèle à ce qu'était la mienne au même
moment. Je retrouvais ainsi, avec précision, là où je me

trouvais quand elle et lui se sont d'abord téléphoné. Je retrouvais aussi les mots que j'avais dû dire quand, en un deuxième temps, elle et lui se sont invités, quand elle s'est habillée pour se rendre jusqu'à son appartement, en imaginant les idées qu'elle pouvait avoir, en y allant, en marchant dans la rue mouillée. J'insistais sur ce qu'elle allait trouver, et que je n'avais pas décelé. Je me torturais, je questionnais Marie-Hélène, ne lui laissant aucun répit. Aucune chance de respirer, rien pour s'extraire de ce qu'elle avait fait. Je restais couché à côté d'elle, au milieu de ce dimanche et, lentement, dans un calme fou, fou, je lui posais des questions. Toutes les questions du monde.

Et j'ai tout su. Je prenais un plaisir inouï à savoir. À faire partie de son désir à lui, Casuel, moulé à son désir à elle. Je prenais leur place, à elle, à lui, je voyais tout, je retrouvais, dans une ultime lucidité, chaque fraction de seconde, avec les odeurs en plus, l'éclairage, les bruits de la rue, les respirs retenus. Leur retenue. Et puis leur déchaînement, le corps, celui de Marie-Hélène. Le corps du garçon. Sa joie, son emportement, sa victoire. Oui. Sa victoire, tiens. Son triomphe.

Et puis moi. Comme un con. Moi. Devant une bière imbuvable, avec François, logés dans la musique des Graffs. Au creux de Sherbrooke, ville parfaite et insignifiante. Marie-Hélène et Casuel en train de baiser. La femme qu'on enlève. Cette petite fille que l'on viole. Et moi qui ne vois rien. Et moi qui vais en crever.

Le point de rupture. Comme un accident raisonnable, je le reçois totalement. C'est là que tout s'est produit. C'est à partir de là que je sais qu'il ne me restera plus rien. Le cœur est touché. Et c'est toute la vie qui se découd, tout ce qui me retenait à Marie-Hélène, pas notre amour, mais notre sexualité. Cette chose qui reste lorsque l'amour n'existe plus. Ce fantasme qui rend possible la vie à deux, la réunion sexuelle, la mise en place de l'homme et de la femme, inadéquatement rejoints dans leur incongruité. Tout de suite, je sais que plus rien ne sera possible. J'ignore précisément pourquoi, mais je le sais.

Je n'ai pas le temps de penser à autre chose. Je sors du lit. Je sors aussi de la chambre. Il y a du vide. Partout autour de moi, un grand vide blanc. Marie-Hélène ne bouge pas. Elle reste dans le lit. Je ne sais plus trop quoi faire. C'est une ville qui s'effondre. C'est un père qui vient d'apprendre que sa fille s'est fait violer dans une ruelle, qui sait qu'on ne pourra jamais retrouver l'agresseur, qu'on ne fera jamais rien pour le retrouver. Je mets mes souliers. Je n'ai pas le temps de les attacher. Je cours jusqu'aux toilettes et je vomis. Je pleure aussi. Comme un enfant. En criant. Exténué. Il n'y a pas de nausée. Mais je ne peux m'empêcher de vomir. Je fais beaucoup de bruit. Je remplis la cuvette. Je ne sais pas de quoi. Il me semble ne pas avoir autant mangé depuis le matin. Je vomis des restes de la semaine dernière, des trucs du mois passé, des viandes d'une vie antérieure. Je chasse l'eau. C'est tout ce qui est en moi qui part. Je vomis encore. Cinq fois. Je pleure. Je ne peux m'arrêter de pleurer. C'est comme pour la vomissure qui se presse. Je suis assis par terre, renversé sur le parquet. Mes bras retiennent la cuvette pour ne pas qu'elle s'envole. Je m'accroche à elle. Ma tête se relève un instant. Je respire un peu, et replonge. J'évacue tout mon amour pour Marie-Hélène. Et ça saigne. Ça passe par l'œsophage, par la gorge et par le nez. Ça sort en bile, en déjection multicolore. L'amour. Parce que je n'ai aucun autre choix. Je renvoie mécaniquement, afin de survivre. Je me sépare en plusieurs morceaux. Je m'enferme dans le bruit que je fais. Ce sont des bruits de corps humain se déversant. Mes doigts retenant la cuvette, mes cheveux partout, mes genoux fléchis, l'échine compactée.

Marie-Hélène encore dans la chambre. Toujours là. Dans une chambre. À laisser faire les choses. Dépassée, débordée.

Elle ne pourrait pas m'approcher de toute manière. Parce que je ne fais plus semblant. Un quart d'heure passe. Je vois que mes mains tremblent. Je suis trempé. Je passe une veste. Je sors. Dans une violence que je ne me connaissais pas. Pour la première fois, je vis des choses abominables. Mon corps fait des choses, effectue des mouvements exagérés, dit des mots grossiers. Il le fait sans moi. Je sors de cette façon-là, sans savoir où aller. En oubliant encore Marie-Hélène dans le lit. Cette Marie-Hélène qui n'avait toujours pas osé bouger durant tout ce temps. Figée, glacée, clouée. Péniblement claustrée dans la chambre. Déployée dans le noir.

***

Dehors, j'ai marché. Je me souviens que je marchais très vite. Comme pour arriver quelque part. Comme pour franchir une ligne au-delà de laquelle je n'aurais plus rien à craindre. Comme si j'accusais déjà du retard et que ma vie en dépendait. J'ai descendu la rue Larocque, chancelant. C'était un coup de grâce qui me portait. Il faisait froid. Je n'étais surtout pas très bien habillé. J'ai eu l'idée de me rendre jusqu'au restaurant Charlie de la rue King pour y boire un café. Mon corps a donc remonté la rue Alexandre. Je ne sais plus trop bien quelle heure il était. Mais il était trop tard pour espérer trouver un bar ouvert. Un bar où me perdre. En arrivant sur la voie ferrée qui traverse le coin de la rue Aberdeen, je me suis arrêté. Puis j'ai pensé. J'ai pensé attendre le train. Dans le froid, attendre qu'arrive le train de trois heures trente. J'y ai pensé sans comprendre. C'est arrivé en somme comme une évidence, indubitablement. Comme un réflexe. La possibilité de me suicider. Cette nuit même. Une première fois. Et ne pas être obligé d'aller à mes cours du lundi.

Dans une acuité nouvelle, j'ai compris qu'il ne me restait plus que cela. Non pas parce que la vie me décevait, mais pour faire comprendre à Marie-Hélène ce qu'elle ne comprendrait d'aucune autre façon. Me suicider pour que tout reprenne sa place. Sans avoir à le demander. Sans avoir à remplir de formulaire. Sans avoir à me battre avec les travailleurs sociaux pour qu'ils comprennent que la vie n'a pas de sens.

Cinq minutes. La nuit. Le froid. M'asseoir sur les rails et attendre patiemment d'être broyé, sans broncher, pilé, pulvérisé. Une seconde avant que le chauffeur n'applique le frein d'urgence. Le cri des roues barrées dans la nuit, frottant contre le fer. Un chant de requiem.

Je pourrais me rentrer des aiguilles sous les ongles, me rôtir la langue avec une torche, avaler des lames de rasoir et attendre cinq minutes avant de boire un grand verre de vinaigre blanc, mais tout cela ne changerait rien. Pas même un petit retard sur l'itinéraire d'un train. Les trains arrêtent toujours lorsqu'un imbécile se jette devant. C'est comme pour le métro. Tout pourrait continuer, mais non. Tout s'arrête une heure ou deux, par respect pour la mort, pour dire : il y a quelqu'un, ici, qui vient de mourir. Pour marquer un temps dans le cours des choses, une modification, causée par la mort d'un inconnu. Un imbécile, mais tout de même mort. Se suicider, pour faire arrêter les trains.

Je rebrousse chemin. La machination du train manque de violence. Je veux dire la violence d'un moment immédiat. Je n'ai pas le temps d'attendre son arrivée. Le train, voilà, manque d'immédiateté.

Pendant mon périple, Marie-Hélène s'est levée. Elle s'est assise dans la cuisine, devant le réfrigérateur, puis s'est demandé par quoi commencer. Le calme, la rage ensuite. Devait-elle rester, m'attendre, s'inquiéter jusqu'à tomber raide de fatigue ou retourner chez elle, essuyer tous les dégâts? En espérant que rien ne dérape, que le temps passe sans que rien ne dérape.

Je rentre chez moi. Je trouve l'appartement vide. Vidé de Marie-Hélène. Un mot sur la table. Une feuille pliée. Je lis. «Je ne suis pas une pute. Je ne suis pas une pipeuse.» C'est écrit avec assurance, avec l'ardeur d'une personne bornée qui a raison et qui ne se déplacera pas quel que soit le prochain argument. Quelqu'un de sourd et d'aveugle.

Je lis. La vérité est fulgurante. J'ai des réactions tout à fait automatiques. Au lieu d'avoir des mots, j'ai des réflexes. Je vais au salon. Je vois tout, en un seul coup d'œil. La certitude d'avoir à faire ce que je m'apprête à faire. Je retire d'abord mes chaussures, lance ma veste dans un coin. Je débranche le fil du téléphone. J'atteins une concentration infaillible, des idées de peloton d'exécution. Je sais alors que tout le reste va se dérouler sans calcul. Je ne pense ni à mon père ni à ma mère, ni à demain. Je suis seulement complètement là, dans ce que je vais faire, radicalement, avec intelligence, avec la sagesse de quelqu'un qui s'apprête à goûter à du nouveau, à la mort par exemple.

J'aperçois les écouteurs. Je n'ai rien d'autre sous la main. Je jette un regard rapide au plafond. Je me saisis des écouteurs. Immédiatement, la poignée de porte. Je pousse le coffre vert contre la bibliothèque, pour faire de la place. Je me passe le fil des écouteurs autour du cou. Je fais deux tours de manière à lui donner plus de solidité. Je m'installe dos contre la porte. Je regarde le tapis du salon, le téléphone débranché, l'ordinateur, la lumière jaune. Je fais trois nœuds à la poignée de porte. Je tire sur le fil, mécaniquement, pour tester s'il m'est possible de mourir en perdant le souffle. Oui. Je le peux. Il ne me manque aucun outil. Je n'aurais pas le loisir, en cas de remords, de me retenir sur quoi que ce soit. Le coffre vert est loin.

Je m'accroupis. Il ne me reste plus qu'à déplier les genoux pour que débute la mort. La mort et son processus. Je le fais.

Ça prend du temps. Quarante-cinq secondes et l'air cesse de passer. L'air ne passe plus, mais je survis. Je sais que je rougis, que mon visage entier se gonfle. Les yeux me font mal, comme s'ils se gonflaient, comme

131

s'ils se gorgeaient de sang. Des picotements se répandent dans mes jambes. Je ne pense toujours à rien. Je ne pense même pas à mourir. Pourtant, la mort vient. C'est un étourdissement. Elle n'attend plus que mon corps cède. Et doucement, il cède. Je me sens ralentir. Je sens mon immobilité s'épaissir. Je perds la vue, tout s'embrouille. J'entends le fil de plastique s'étirer, la poignée de porte y aller d'un dernier effort. Je n'ai aucun regret. Les choses se passent telles qu'il se doit. Avec douceur et propreté.

Les secondes d'avant la mort s'enchaînent. Je ne m'appartiens plus.

Puis, bêtement, le fil cède. Tout le haut de mon corps s'affale sur le plancher. Je tombe comme un sac de pommes de terre. Toujours aucun respir. Pas d'air. Un millilitre d'oxygène par battement du cœur. Le fil des écouteurs encore bien ajusté, attaché comme une laisse. Mais tout de même un relâchement. La gravité n'est plus en jeu. Mon cœur, mon sang, mon cerveau sont de nouveau alimentés, au compte-gouttes, parcimonieusement. Je pense avoir atteint un certain coma.

Une minute se perd.

Soudain, Marie-Hélène me saute dessus. Elle est revenue. Je ne sais pas comment elle est entrée. J'avais peut-être oublié de verrouiller. Elle avait les clés de toute façon. Elle panique. Je n'entends rien. Je ne vois que ses gestes. Je reste couché, crevé, pourri. Marie court au large. Elle part, puis revient. Le fil des écouteurs a succombé. Évidemment. Si je n'avais pas voulu me rater, je serais resté sur la voie ferrée, couché au creux des rails, les oreilles bouchées, les paupières bien coincées. On me desserre le cou. L'urgence de la survie entre en jeu. À mesure que revient l'oxygène, mes esprits se rassemblent. Marie-Hélène me tient dans ses bras. Elle pleure. Pas moi. J'ai la bouche ouverte, mais rien n'en sort. Je suis vert, sans poids, presque bien. Dans les bras de celle que j'aime.

Marie-Hélène est revenue à la course. Un peu comme si elle avait été avertie de ce que j'étais en train de faire. Elle allait rentrer chez elle lorsque quelque chose l'a saisie. Une intuition. Une certitude venue d'ailleurs. La certitude qu'une irréversible connerie s'exécutait. Alors elle s'est mise à courir comme une folle. Elle a trébuché en descendant la côte Saint-Paul. Elle s'est déchiré les mains sur le trottoir en tombant. Elle a continué de courir. Deux kilomètres sans arrêter, sans protester, sans fléchir. Sans perdre haleine. Elle est arrivée en trombe. Elle a surgi dans le noir de la cuisine. Elle a crié. Je n'ai rien entendu. Elle a crié mon prénom. Elle ne me voyait pas, mais elle savait que j'étais là. La chambre. Rien. La cuisine. Rien. La salle de bains enfin. Encore rien. Puis dans le salon, le corps d'un homme affalé. Quelque chose d'incompréhensible. Mais la mort, cette présence étouffante, la femme devant l'homme peut-être mort. L'incapacité totale de hurler. Une réaction automatique, involontaire et directe, immédiate, qui perce.

Je sais quelque chose. Je sais que là où je suis, maintenant, personne n'en est jamais revenu sans être transformé. Je vis cette transfiguration. Je ne sais rien d'autre. Je ne sais plus. Autour, rien n'a changé. Il y a encore Marie-Hélène, pénétrée d'effroi, qui pleure, qui ne sait plus où se cacher. Et moi, bloqué dans cet appartement qui empeste la mort dans toute son envergure. Trois acres de mort, compressés dans un trois et demie.

Surtout, il reste Marie-Hélène et Casuel. Je ne m'y habituerai pas. Jamais. Ça reste là, plein, rond. Ça ne se perd pas dans le temps. Rien n'y succède.

J'attends de pouvoir me relever. J'y parviens. Marie-Hélène fait les cent pas. Je trouve le bottin de téléphone. Je l'ouvre aux premières pages. Je sais qu'il me faut trouver de l'aide à l'extérieur. Je passe en revue tous les services d'écoute. Il n'y a rien. Il faut qu'on me sorte d'ici. Tout est épouvantable. Je dis une phrase à Marie-Hélène qui me regarde faire sans bouger. Elle a peur, elle me surveille comme si un mort-vivant se baladait devant elle. Ma voix me surprend, tellement son aplomb est audacieux. Ma propre voix. «Je vais appeler la police. J'ai besoin qu'on m'emmène ailleurs.» Elle ne répond pas. Elle est excédée de voir chez moi autant d'organisation. Comme si j'avais répété cela des centaines de fois. Je la sens courir vers la chambre.

Je compose le 911. Sans délai, une femme décroche. Je parle limpide, l'air reposé. Je raconte que je viens de me suicider. Je dis que je vis encore. Mais que j'ai besoin d'aide. La dame cherche à en savoir plus. L'auto-patrouille est déjà en chemin. Elle demande si je suis seul. Mon calme rend la situation aberrante. Je répète qu'il me faut partir d'ici. J'ai craqué. Je n'en peux plus. Je veux n'importe quoi. Je veux même aller en prison.

Deux policiers arrivent. Une femme et un homme. Je m'habille. La femme me demande si j'ai bu, si j'ai pris de la drogue. Le policier rejoint Marie-Hélène dans la chambre. Je reste à l'écart. On me demande ce que je veux. Je ne sais pas. Je dis qu'il me faut de l'aide. Je suis prêt à tout. Je ne peux pas rester ici. Les services d'aide morale ne conviennent pas. C'est urgent. On me demande si j'ai déjà fait une tentative. «Non, jamais.» C'est la première fois. Je n'ai jamais demandé d'aide non plus. C'est la première fois que je demande à des flics de me ramasser. Il s'agissait d'une intention finale. Je parle comme si je récitais un texte appris d'avance.

Nous partons immédiatement. Pas la peine de s'attarder. Je vais voir Marie-Hélène une dernière fois. Elle est assise sur le lit, le visage rouge, congestionné, les yeux hurlants. Je lui prononce deux ou trois choses. Je suis déjà parti.

22

Je suis assis dans ma chambre, les pieds posés contre le calorifère. Je me suis vêtu d'une chemise. Pour mieux paraître, pour aider le moral, même s'il n'y a personne pour apprécier. Je ne peux toujours pas utiliser mon rasoir. Je végète, un écouteur du baladeur enfoncé dans l'oreille gauche. La musique me fatigue moins.

J'attends. Le temps doit passer. Je n'ai pas d'autre choix. Pour le moment, je n'ai pas de projets. Je crois qu'il y a un certain nombre de choses qui doivent se recoller à l'intérieur de moi. Dehors, les choses défilent. Ici, rien ne bouge. Ça aide. La lenteur de cette aile psychiatrique, ça aide. Marie-Hélène ne téléphone pas. Je crois que c'est bon signe. Elle ne reviendra pas. Sa famille la conditionne pour qu'il en soit ainsi. Elle aussi reprend des forces; elle investit ailleurs.

Rien n'est vraiment différent d'avant mon hospitalisation. Rien. Mis à part le fait que tout doit, à partir de maintenant, aller doucement. Je ne saurai pas tout de suite si j'ai changé. Je ne suis peut-être déjà plus le même. Inutile de croire que tout sera comme autrefois.

Quand la tête explose, il est difficile de la refaire pareille à ce qu'elle était.

Le réel est le même, stable. Les autres aussi. Marie-Hélène, rugueuse, ne s'adoucira pas. À Laurierville, chez sa mère, on ne s'attendrit pas. Quand on a le malheur de grandir dans les champs, on finit par devenir tout aussi rocailleux que le sont les labours au printemps. Ces sillons, qu'il faut constamment nettoyer des pierres que le dégel du mois de mars fait remonter vers la surface.

Je le sais. J'y suis allé pour le congé de Noël. Il y avait plein de cadeaux, de l'hypocrisie plein la nappe et plein les plats. Penser que ces familles existent me glace le dos. Toute cette merde déguisée en preuve d'amour. J'y suis allé. Jamais je n'y retournerai.

***

Ça y est, j'ai enfin la permission de me raser. C'est une grande joie. Ça me soulage. Il me faut redonner le rasoir aussitôt le travail terminé. C'est comme pour le jeu de cartes. Je me rase. Ça m'occupe. Ça couvre le dernier quart d'heure précédant le somnifère.

23

Quand je vais sortir d'ici, je vais demander à Marie-Hélène de me rencontrer dans un café. Elle va sauter dans le premier autobus pour venir me rejoindre et, là, je vais passer des heures à la regarder. Je vais la regarder. Je vais me regarder la regarder. Je vais la regarder me regarder. Et plus rien ne passera. Rien qu'un grand vide au-delà duquel même le vent printanier ne fait plus de détour. On va parler. De tout et de rien, mais presque pas de ce qui s'est passé. Je vais exiger qu'elle ne revoie plus Casuel. D'abord parce que je ne le supporterais pas, mais aussi pour que ça fasse plus vrai. Au début, elle va se méfier, mais très vite, elle va me croire. Elle va se dire que ce n'est peut-être pas complètement terminé. Elle va comprendre qu'en se pliant à tout ce que je vais lui demander, il y aura des chances. Doucement, je vais chercher en elle un fil, un fil rouge, sur lequel je n'aurai qu'à tirer. Un fil, une toute minuscule pointe de culpabilité, solidement noyée dans son orgueil. Un endroit où toucher.

Une semaine après ma sortie de cet établissement, je vais lui dire que je l'aime. Une semaine de silence, insoutenable. Sept jours, juste ce qu'il faut pour rendre cinglée la plus passive des hystériques. Et, sans qu'elle s'y attende, en parlant de n'importe quoi, sur le trottoir ou sous les draps, juste avant qu'elle s'endorme, je vais le lui dire : «Je t'aime, Marie; je te re-aime.» Submergée par les effets de cette courte phrase, lancée complètement par hasard, même à la suite de Casuel, même après son interminable retrait à Laurierville, même après l'hôpital, Marie ne va rien répondre. Un mot d'amour là où personne n'en aurait mis un, là où aucun humain n'aurait pensé en écrire un. Alors, elle va se sentir coupable. Ce «je t'aime», un peu comme une insulte, aussi cruel qu'un enfant accroupi au-dessus d'un nid de fourmis, incarné en ce fil, ce fil rouge, dépisté juste à temps.

Je ne vais pas lui cracher au visage. Je ne vais pas l'enterrer vivante dans le jardin. Non. Au lieu de cela, je vais l'aimer. Pour qu'elle n'y comprenne rien. Pour qu'elle ne sache plus trop où donner de la tête. Pour qu'elle ne sache plus rien des questions qu'elle devrait se poser, quelles barricades ériger quand le bonheur, ce con de bonheur, menace de revenir aussi facilement.

Marie-Hélène va se laisser porter. Elle va me croire. La vie va recommencer. François ne comprendra rien. Personne ne pourra comprendre le pourquoi ou le comment de ce pardon, de cette charité soudaine. Roxane va se fâcher. Elle ne voudra plus me parler, elle va peut-être même dire du mal de moi à quelques-unes de ses amies. Je ne vais pas l'arrêter parce qu'elle aura un peu raison. Laurierville sonnera le glas. La sœur va se soûler, le père va devenir encore plus fou que jamais, le chien va se suicider et la mère, la mère, va s'inscrire à des séminaires hors de prix en relation d'aide, question de donner du sens à tout son bordel ésotérique.

Aux yeux du monde, je vais passer soit pour un imbécile, soit pour un pauvre type que l'amour aura fichu en l'air. On ne saura plus très bien. Je vais perdre des amis. Certains feront semblant de ne pas m'avoir vu, de manière à ne pas s'embarrasser de la désagréable sensation d'étrangeté que ma présence désormais leur imposera. Comme s'il allait leur être impossible de m'aborder sans revenir là-dessus, sans savoir vraiment ce qui s'est passé : le pourquoi de cet hôpital, le pourquoi de cette indélogeable Marie-Hélène, le pourquoi de ce trou dans mon passé; sans savoir si ces choses m'ont transformé, sans être au préalable rassurés, sans savoir s'il est possible, à cette heure, de faire comme si tout était pareil à autrefois.

Je ne sais pas pour Marie, mais, de mon côté, tout cela me sera bien égal. En moi, tout sera bien construit. Un monde construit depuis ma plus petite enfance, systématisé, sans détérioration apparente. Un plan. Consolidé par ce voyage en maison de fous. Toujours avec calme, cette effrayante patience des mégalomanes allemands, cette intelligente folie, secrètement recouverte d'amour. L'amour grinçant, telle une solution. L'amour, pour donner un sens à ce qui n'en aura visiblement jamais.

Mais pour cela, j'ai besoin d'une présence : celle de Marie-Hélène. La présence d'une femme sensible et polluée. Une ordure, une salope, une tache de vin sortie d'un marécage vaseux : la pièce manquante de ma vie psychique. Un monde. Une campagne. Rien que pour continuer.

24

Il faudra jeter Sherbrooke. Partir pour Montréal. Changer de numéro de téléphone, ne plus avoir la même adresse. Arriver en étrangers sur une terre encore vierge de nous, en terrain neutre, sans prévenir. S'installer. Avoir seize ans et s'installer comme quand on a seize ans, comme quand on vient de se faire mettre à la porte de la maison du père. Partir. Plus loin en arrière. Avant le début du début, pour recommencer. Montréal comme l'Amérique.

Ce sera un quartier dangereux. Sur la rue Ontario. Un coin de ville où personne ne pense aller pour les vacances. On n'aura rien. Pas même cet hôpital. Juste deux ou trois meubles. Mais le désir de ne pas crever, de ne plus jamais mourir. Jusqu'à la fin de la vie, ne plus mourir. Dans la tête : rien. On aura ce trésor. Deux ou trois meubles, deux ou trois vêtements et ce trésor.

Marie-Hélène sera la première à se trouver du travail. De mon côté, je vais rester trois ou quatre mois à ne rien faire. Parce que je vais quand même être fatigué. Je prendrai donc d'abord un peu de repos et ensuite seulement j'irai travailler. Je ne pourrai pas me presser. Ce sera le journal, les petites annonces qui ne servent à rien, un jour à la fois, puis les curriculums, puis l'attente qu'un patron désire subitement me convoquer en entrevue.

On sera ailleurs. Pourtant, je n'aurai plus le goût de vivre très fort. La nécessité de me venger de Marie-Hélène me reprendra. Les médicaments auront parfois des faiblesses. Et le goût d'être là, à Montréal, me quittera. Je serai seul, avec une peur, une peur grande comme le parc La Fontaine, grande comme l'hôpital Notre-Dame, aussi longue que la rue Sherbrooke, depuis Décarie jusqu'à Pointe-aux-Trembles. Pour moi, dix minutes par jour, seul et unique dans ce salon sans divan, ce sera la guerre froide. Une vendetta qui se rouvre, le maquis, inguérissable, pour des siècles et des siècles. Ainsi soit-il. Marie sera au boulot. Toute belle, Marie-Hélène payera le loyer. Toute seule.

***

L'éternel psychiatre que le gouvernement aura engagé pour suivre mon évolution augmentera les doses, mais des doses qui ne me donneront toujours pas l'envie d'aller travailler. J'irai tout de même. J'irai livrer des pizzas à bord d'une folle voiture recouverte de couleurs épuisantes. Ce sera un boulot pour lequel il me faudra courir dans tous les sens. Un travail impossible contre un salaire minimum, une demi-heure entre chaque pourboire. Je ferai cela dix heures par jour. Le patron déduira de la paye les livraisons en retard, les petits accrochages, les contraventions et les taches de sauce tomate sur le siège du passager. Exactement le travail que seul un fou dingue accepte de faire. Une course contre le temps. Un truc que l'on accepte de relever quand on a des choses à rattraper.

C'est Marie qui s'occupera de tout. Le ménage, la lessive et la vaisselle, ce sera elle. Afin de ne pas la voir déprimer, de temps en temps, je lui ferai des promesses. D'un côté, je prendrai soin de son moral. D'un autre, j'essaierai de lui faire perdre son équilibre. Je ferai comme à peu près tous les hommes qui ne sont pas heureux. Je lui parlerai de ses grosses cuisses, de ses fesses molles et de ses mains potelées. Sans raison et sans hésiter, je lui donnerai ce genre d'angoisses. La peur de se voir vieillir et de ne plus être désirable, ni pour son homme ni pour personne. Je ferai cet idiot-là, parce que Marie-Hélène est belle à s'en rouler par terre. Belle comme un monastère. Belle à cracher des flammes, mince à s'envoler les jours de grand vent.

Moi, je ne lui ferai presque plus l'amour. Elle me demandera, des fois, pourquoi. Mais ce sera la fatigue, les pizzas comme des pigeons d'argile, toute la journée, lancées à bout pourtant. N'importe quoi pour ne pas l'embrasser. Jusqu'à ce qu'elle se lasse et qu'elle cesse de me le demander. Ce sera devenu comme un tabou. Et Marie-Hélène, devant la glace collée derrière la porte de la chambre, toute nue, cherchera sur son corps ce qui ne va pas. D'une minute à l'autre, elle va se trouver grosse, laide et intouchable. Marie-Hélène l'intouchée. Marie la tellement belle. Belle comme un lundi. Pour personne. Des yeux bleus pour personne.

Puisqu'au travail elle se fera aborder souvent. Puisqu'on lui écrira des poèmes d'amour, puisqu'on l'invitera à sortir tous les week-ends, Marie ne comprendra plus. Elle cherchera pourquoi les autres plutôt que moi. Alors elle fera des choses. Partout les hommes la trouveront belle. Partout les clients du club vidéo le lui diront. Sans timidité, sans aucune crainte de ne pas être à leur place, des hommes de tous âges lui parleront de ses grands yeux. Alors elle comprendra encore moins. Elle se demandera pourquoi son petit livreur de pizza, lui, ne partage plus cet élan.

C'est que dans ma tête vide, une panique persistera. Dans ma tête vide, mais lourde, toujours cette alarme. Tout le temps la terreur. La peur que Chérie recommence comme au temps du mois de mars. Ce sera comme un grand manque de confiance. Un mécanisme se sera imposé malgré moi. Une sorte de dispositif bizarre, organisé dans ma tête en vue de me maintenir en paix. Je ne serai plus capable de faire l'amour. Je vais devenir un homme qui n'aime plus faire l'amour. Pour voir si Montréal nous a vraiment réussi, je ne toucherai plus au corps doux de Marie-Hélène. Je ferai tout ce qui est en mon pouvoir pour que l'occasion se présente à nouveau. Tout pour que Marie se tourne vers un autre et revenir au mois de mars. Tout ce qu'il faut pour me faire revenir à l'hôpital. Pour voir. Provoquer les choses. Anticiper le destin. Pour savoir si j'ai raison de penser que Marie-Hélène me sera toujours infidèle. Pour vérifier s'il n'y aurait pas moyen de vivre autrement.

On aura fait la guerre, Marie-Hélène et moi. On se sera évadés pour une vie meilleure. Une autre vie. Marie tentera de se maquiller. Afin que me revienne l'envie, elle arrivera très chic avec du crayon, du rose à lèvres et des lunettes teintées. Mais je serai devenu un homme qui n'aime pas baiser. Comme bien des hommes. Ce dégoût me suivra jusqu'à la fin des temps. Jusque dans le lit des autres femmes futures. Toutes ces femmes qui me diront que je ne suis pas à la hauteur, qu'elles ne pourront jamais être heureuses avec un type comme moi, un voyou qui ne demande jamais pour faire l'amour, contrairement à ce que l'on a toujours pensé des voyous ordinaires. Toutes les femmes de ma vie qui m'expliqueront à quel point une femme, en vérité, a besoin de se faire baiser. Même si c'est par un gros con, laid et sans imagination. Même si ce dernier se range parmi le tout dernier des imbéciles. Même s'il n'a rien à dire, même s'il se balade en Mustang décapotable.

L'important ne sera plus de respecter la femme qui partage notre vie, ni de lui faire des petits cadeaux de temps en temps. L'important ne consistera plus à lui dire des mots doux, ni à la faire rêver en inventant de nouveaux projets à deux cent cinquante mille dollars. L'important, qu'on se le tienne pour dit, sera de baiser la femme qui nous aime. C'est tout. Puisque c'est comme cela depuis bien avant le nucléaire et l'ajout de la couleur jaune dans la margarine. Personne ne sait encore vraiment pourquoi, même pas les professeurs d'université. Il s'agit d'une règle universelle, apparemment. Une règle faisant que tout est partout pareil; une convention venant nous rappeler ce que c'est qu'être un humain. Une règle générale, répandue jusqu'à Bagdad, jusque dans la chambre des musulmans, aussi, qui traitent leur femme comme on traite les chiens. Mais qui les baisent sans rechigner. Il paraît que c'est comme cela depuis le début de l'humanité, mais qu'on a choisi de ne pas en parler, de ne pas l'inclure au programme d'éducation à la vie sexuelle du quatrième secondaire. Il paraît qu'on a préféré parler des condoms et des menstruations. Mais de l'infidélité des femmes, jamais. En tout cas, moi, on ne m'a rien dit. Ni sur Bagdad, ni sur ce qui se passe avec une femme quand on l'a tous les jours dans un lit. C'est vrai que je n'écoutais pas beaucoup ce que disaient les professeurs à l'époque. C'est vrai que je trouvais déjà que tout le monde était trop con. Je n'ai pas entendu, je n'ai rien vu sur mon formulaire d'examen de fin de semestre. Personne ne m'a jamais con-

seillé de décrocher. Alors qu'on ne vienne pas se plain-
dre, après, si les séjours en psychiatrie se font de plus
en plus longs, de plus en plus coûteux.

***

Je vais devenir un homme qui n'aime pas faire
l'amour. Un homme qui trouve cela con, qui pense que
c'est du théâtre, une femme, quand elle fait semblant
d'être excitée. Je n'aurai rien appris à la polyvalente,
mais Marie-Hélène, très vite, se débrouillera pour par-
faire mon éducation. Très vite, sans trop de détour, elle
me fera comprendre ce qui arrive aux hommes de mon
espèce. Ceux qui ne connaissent rien à la féminité.

En moins de deux mois, Marie-Hélène m'aura fichu à la porte. En moins de deux mois, je serai parti de
cet appartement tout beau où nous avions choisi les
couleurs, elle et moi. Je serai parti et Marie-Hélène, sans
trop de détour, se sera trouvé un autre gars. Un gars
qu'elle aimera, bien entendu. N'importe qui, un trou de
cul, sans doute, mais un gars qu'elle aimera. Quelqu'un
de fondamentalement différent. Elle oubliera absolument tout de nous. Les bouillons de poulet que je lui
faisais le samedi soir, elle n'en gardera rien. Pour un gars
qui ne dit jamais un mot, pour un gars comme tous les
autres gars. Un imbécile qui fume des cigarettes devant
la télé, qui ne sait même pas compter jusqu'à dix, qui
invite ses chums à venir sacrer dans le salon. Le salon

que j'aurai peint moi-même, tout seul, une fois, pour faire plaisir à Marie-Hélène qui allait rentrer du travail sans se douter de la surprise. Elle oubliera tout, Marie-Hélène, très vite. Sans réticence, elle l'appellera mon petit poussin, cet imbécile. Elle passera son temps à l'engueuler, mais fera comme si c'était normal, comme si c'était ce qu'elle avait voulu. Elle sera malheureuse, encore une fois, malgré le fait qu'elle ait choisi un type radicalement différent de moi. Elle sera malheureuse, tout le monde le lui dira, mais ce n'est pas ce qui va l'empêcher de faire semblant de jouir, quand il va lui demander si elle veut bien le soulager. Ce sera le bonheur, malgré tout. Parce qu'il ne me ressemblera pas. Ils bénéficieront de prêts et bourses du gouvernement, ils se baladeront en Mustang et ne se parleront jamais autrement que pour se dire des conneries qui ne vont nulle part. Ce sera un bonheur moderne. Un bonheur sans histoires, sans passé. Ils boiront de la bière, fumeront des joints et baiseront trois fois par jour, jusqu'à attraper le cancer. Le cancer ou un petit. Un enfant, aussi dégueulasse qu'un cancer cancroïde, mais développé à l'intérieur, siégeant au niveau du ventre. Une espèce très rare de cancer. Quelque chose de jamais vu. Un truc dépassant totalement la médecine actuelle. Un petit enfant, comme un cheveu sur la soupe, qu'on se dépêchera de mettre à la poubelle. La poubelle d'une clinique d'avortement. Pour mieux oublier, ils referont encore et encore l'amour. Elle l'appellera encore mon petit poussin, pour mieux oublier. Et tout ira comme sur des roulettes de panier d'épicerie. Quant à l'avenir de Marie-Hélène, personne ne pensera à se faire du souci.

Nos disputes relèveront de cela, de mon corps, toujours allongé près du sien, comme un cadavre. Je me coucherai tard, après les derniers films à la télé, après les publicités de casseroles américaines anti-adhésives. J'attendrai que Marie-Hélène se soit endormie pour aller la rejoindre. Sans malaises alors, je pourrai trouver le sommeil. Ce sera une vie sans danger. Une vie hors d'ondes. J'attendrai que le temps passe. J'attendrai de ne plus être capable de continuer. J'attendrai le mois de novembre. Le mois de novembre, cette fois. Ce début du mois de novembre où Marie-Hélène me demandera de m'en aller. Pour aller retrouver sa vie d'avant. La vraie vie, avec un vrai chum. Qui sacre, qui boit, qui laisse traîner ses chaussettes sales dans le corridor; qui sait très bien ramener de l'argent quand c'est le moment de payer le loyer, et qui ne pose jamais de questions. Entre l'amour et la tranquillité, Marie-Hélène, en ce qui la concerne, choisira la tranquillité. Le simple fait d'y penser me casse en deux.

25

On finira bien par me jeter dehors. Que cela me plaise ou non, il me faudra sortir. Les docteurs m'observent sans répit; méticuleusement, ils m'évaluent. Impossible de feindre. Ils sont là, derrière les vitres. Ils écrivent, compilent, prescrivent. Les diagnostics s'opposent. Ils discutent parfois dans la controverse, modifient, ajustent, mais s'obstinent à prescrire. Et moi je marche. Ma chambre, le 3074; le corridor au bout duquel se trouve une trifurcation, deux autres couloirs. Une prison en forme de «Y». Je marche en comptant les lignes du carrelage. Je marche, en prenant bien soin de ne pas en oublier.

Toujours est-il qu'on finira bien par me jeter dehors. Je serai alors peut-être moins fou. Mais j'aurai toujours un peu peur. Toute ma vie je vais craindre les mots des autres, les phrases dites autrement, les sourires qui ne collent pas à la situation, les gentillesses empruntées, déplacées. Je vais craindre les mots qui me rappelleront cette damnée fin de mois de mars. Des mots que j'aurai répertoriés, notés sur des petits bouts de papier pour mieux me les rappeler. Les apprendre par cœur, les répéter toute la journée. Pour les voir venir de loin et m'en protéger.

Marie-Hélène devra se taire. Je ne dois plus la voir sans bouclier, sans verres fumés. Si je reste auprès d'elle, je vais devenir sourd. Afin de ne plus entendre ses soupirs, ses plaintes et ses reproches, la description du bonheur troublant qu'elle a malgré tout rencontré, deux jours avant ma mort. Je ne me vois pas revivre avec Marie-Hélène.

Je ne veux pas qu'on me sorte d'ici trop tôt. Je n'ai aucun souvenir de ce à quoi ressemble mon lit à l'hôpital même si j'y dors depuis maintenant treize nuits. Je ne me réveille jamais la nuit. Je ne la sens pas passer. Cela me convient parfaitement. Je ne tourne pas sur l'oreiller. Je dors artificiellement, sans angoisse, le goût du somnifère entre les dents. Un autre goût, dont j'ignore la provenance, celui de tuer, se mêle parfois à ma salive. Mais je n'en parle à personne.

Je refuse de m'accrocher à la moindre illusion. Sauf à la promesse que pourrait me faire Marie-Hélène de ne plus jamais me trahir. Une promesse démodée, comme un mariage. Le mariage qui ne tient plus. Elle me dit qu'elle ne sait pas, qu'elle ne peut pas promettre quelque chose d'aussi important. Elle profite adroitement de cette dernière emprise qu'elle a sur moi. Sa voix, au téléphone, ne me rassure pas. Le délire est là, tout chaud, singulièrement constitué. Elle prétend ne rien pouvoir promettre. Elle ose me l'avouer. Je la déteste. Je ne lui dis pas qu'à cause de sa méchanceté, sa malhonnêteté, son inhumanité, je vais bientôt devoir l'étrangler. Elle continue son cirque. Me fait peur. S'arrange pour m'enlever ce qu'il me reste de sommeil. Je pense à combien ce devait être terrible pour des gens comme moi, il y a cent ans. À l'époque où les somnifères n'existaient pas, avant qu'on les invente. L'insomnie pouvant durer des jours et des jours, les gens devaient se rouler de douleur et se frapper la tête contre les fenêtres, sans goûter à la douleur, pris de folie. Car la douleur, à ce moment-là, ne pouvait se trouver qu'à l'intérieur. Je pense qu'à la fin, ils devaient souffrir d'hallucinations. Ils devaient halluciner des conversations au téléphone avec Marie-Hélène. Voilà, ils devaient vomir et s'arracher les cheveux. Capables de vendre tous les meubles qu'ils avaient, en échange d'une nuit de sommeil. La plus grande invention de ce siècle reste sans doute les somnifères. Après les psychotropes, les antibiotiques antidiarrhéiques et la bière au gingembre, au quatrième rang, je mettrais les somnifères.

Nous raccrochons. On ne parle pas longtemps à cause de l'interurbain. J'ai vraiment très mal au ventre.

Je n'ai pas l'espoir de me venger. Je me vois abandonner Marie-Hélène sur le bord d'une autoroute en pleine nuit, offerte aux animaux sauvages à grandes dents. Je me vois aussi l'attacher derrière la voiture et accélérer dans la nuit jusqu'à ce qu'il n'y ait plus d'essence. Mais en même temps, je ne me sens pas du tout agressif. Pas depuis cinq minutes en tout cas. De toute façon, je vais disparaître. Les somnifères sont si puissants qu'il suffit qu'éclate un incendie pour que les fous fatigués d'ici se réveillent transformés en cendres. En cendres folles. Je ne dois pas être le premier à y avoir pensé. Et pourtant, les mesures de sécurité ne semblent pas être adéquates. Cette nuit, je vais foutre le feu à cet hôpital. Et tous nous allons disparaître. Et les pompiers me ramasseront à la pelle. On ne saura plus distinguer mes cendres de celles des autres, on nous ramassera au bulldozer, comme on ramassera ce qui reste de l'édifice. Cette nuit, je vais essayer de combattre l'effet de l'Imovane, trouver des allumettes et en finir avec tout ce bordel.

Entre-temps, on me parle de la semaine prochaine. Cet après-midi, Madeleine m'a mis au courant de ses deux jours d'absence, demain et après-demain (son congé), puis de son retour la semaine prochaine. J'en déduis que je ne suis pas à la veille de sortir d'ici. Pas selon eux, à tout le moins. Ni selon moi, pour parler franc. Madeleine reviendra dans trois jours et nous serons tous encore là. Soulagés de la retrouver.

Je me cache pour ne pas qu'un préposé devine que je suis en train de pleurer. Je ne veux pas lui parler. J'en serais incapable.

26

Le quotidien. Les vingt-quatre fous subventionnés de l'hôpital Saint-Vincent-de-Paul. Tous au poste.

Je n'ai rien avalé au petit déjeuner. Un café, c'est tout. Je reviens d'une nuit de cauchemars. Je pense à Marie-Hélène. Je me tiens loin de mon corps. Je ne me regarde jamais dans le miroir. Je ne regarde jamais mon visage, ni mes mains quand elles écrivent, ni mes doigts. Dès que je pense à mon corps, j'ai de la douleur. Je suis nerveux. Je me couche. Nerveux. Le matin. Pas plus tard que le matin. J'ai déjà hâte au somnifère. Douze heures avant la nuit, et j'ai déjà hâte au somnifère.

Quelqu'un frappe. Je suis couché, inséré sous les draps. C'est le concierge. Il entre, me dit salut. Je ne bouge pas. Il fait son boulot, enlève la poussière invisible qu'il y a soi-disant sur le parquet. Puis il repart.

Il me faut oublier. Samedi vient de tomber. Et je ne pense qu'à une chose : mon père. Le matin n'avance pas. Je pense à mon père parce qu'il me faut l'appeler avant qu'il ne se bute une fois de plus à mon répondeur. Il ne sait pas que je suis ici, mais comme il appelle une ou deux fois par semaine pour prendre de mes nouvelles, si je ne réponds pas, il risque de s'inquiéter. Il pourrait essayer de téléphoner chez François, qui ne saura pas quoi dire, qui va raconter n'importe quoi de peur de se mettre dans la merde. Je n'ai pas vraiment la force de lui mentir que tout va bien.

Je pense à mon père. À mon grand-père aussi, qui vient d'avoir quatre-vingt-dix ans. Lucien. En train de finir sa vie avec Aline, la seule femme qu'il a jamais aimée. Ils se sont mariés à dix-neuf ans, en France, vers le milieu des années trente. Ils ont tout de suite eu trois enfants. C'est quand même curieux que ce soit à eux que je pense, impérieusement claustré à l'hôpital psychiatrique. Aline et Lucien, aujourd'hui cousus à leurs vieux meubles, à leur vieille maison fatiguée de l'ouest de Montréal, au carrelage en damier installé dans la cuisine depuis leur arrivée au Canada. Qui pensent à nous presque tout le temps. Les enfants, les petits-enfants, tous restés un peu français, tous avec un petit bout du pays de la France calé quelque part dans la tête. De la France et de la guerre, des bombardements, de mon père jouant dans les champs et voyant tomber des avions en feu. Ceux des Allemands, ennemis de génération en génération. À la gloire de Dieu.

Lucien savait réparer les radios. Durant l'occupation, les Allemands l'ont obligé à travailler pour eux. Père de trois enfants et plutôt peureux de nature, il n'a rien dit. Il est allé travailler pour les vilains Boches. Non pas pour se faire une meilleure place au soleil, parce que le soleil, on n'a pas vraiment le temps d'y penser quand c'est la guerre. Mais bien à cause des trois enfants, d'Aline et du contexte. Avec sa moto, ses outils enroulés dans un drap derrière lui, il parcourait les petits villages du nord pour réparer les radios et les émetteurs. Toujours aussi peureux, sans doute comme l'ont été tous les petits Français honnêtes durant cette folle histoire de la guerre.

Quand il racontait ses aventures, une chose revenait tout le temps. À travers les maisons qu'on leur avait prêtées pour qu'ils se cachent, les sauf-conduits de toutes sortes ou les obus venus droit du ciel détruire le quartier de son enfance, une chose revenait sans cesse. Un petit détail. Un petit truc muet, un aspect singulier, lié à ses phrases ainsi qu'à chacune de ses anecdotes : Aline. Aline, introduite dans son discours comme un corps étranger, comme si elle n'avait jamais réellement été sa femme. Comme un fardeau qu'il aurait eu à traîner. Une petite femme silencieuse, déshonorée, comme une plus-rien-que-bonne-à-faire-du-ménage. Pareille à une conne qu'on n'a pas fait parler depuis soixante ans, gardée pour l'entretien des lieux. Une vieille qui ne fait désormais que dormir et manger. Le cerveau inactif, aussi gros qu'un pruneau cuit.

J'étais petit. Mon père me confiait parfois à mes grands-parents pour la fin de semaine. Autant je pouvais être fasciné par mon géant de pépère qui jouait avec moi toute la journée à construire des rigoles dans le fossé, qui connaissait plein de choses sur le passé, qui fabriquait des pièges à rats en forme de chiffre «4» à l'aide de trois bouts de bois, un truc que tout le monde apprend dans l'armée française, quand il y a des rats dans les dortoirs. Mon géant de Papi qui faisait tout, qui réparait tout, qui avait des milliers de choses rangées dans sa cave et qui pouvait tout retrouver en moins de trente secondes. Mon Papi qui avait tué des poignées d'Allemands pour sauver sa vie, qui avait laissé trois de ses frères sous les combats de 1944. Mon vieux grand-père tout le temps heureux, avec des soucis anodins pour seuls adversaires. Autant je pouvais être stupéfait de l'entendre me parler de notre vie là-bas, en France, autant, aux heures de repas, je pouvais être captivé par ma grand-mère, traitée comme une handicapée, comme un enfant qui aurait été encore plus enfant que moi, qui ne mangeait que de la viande tristement passée à la moulinette ou des légumes hyper-cuits, sans sel. J'étais petit, mais je savais des choses. Je savais par exemple que cette femme-là n'était pas venue sur terre avec de la débilité dans la tête. Je savais que, si elle ne parlait pas, c'était parce que ce qu'elle avait à dire ne devait pas être dit. Il n'y avait pas de place pour ces paroles-là. Nulle part. Pas de lieu pour cela, pas d'endroit pour elle. Pas d'autre que ce géant de grand-père avec qui vivre, personne à aimer totalement. Rien qu'un lit dans lequel Lucien ne l'accompagnait plus. Une toile imperméable épinglée entre le drap et le matelas, pour les soirs où elle se réservait le luxe de pisser, la vieille. Pisser, quelques gouttes, joyeusement, pour se venger, une fois par mois.

Ma grand-mère était seule. Et dans les histoires de mon grand-père, dans ces histoires d'avant la guerre, ces récits de la France, déjà, Aline était seule. Seule, elle l'a été, mais à partir d'un moment, d'un mystérieux moment. Car au début, elle a aimé Lucien. Et Lucien aussi l'a beaucoup aimée. Assez pour pédaler trente kilomètres matin et soir, de Pont-de-l'Arche à Saint-Aubain-des-Elbeuf, afin d'aller retrouver sa Juliette. Assez pour lui écrire deux lettres par jour durant tout le temps du service militaire, de peur qu'Aline l'oublie. Cette époque, Lucien la raconte différemment. Pas comme le reste de sa vie. Quelque chose se transforme dans son regard. Dans sa voix de vieil homme, lorsqu'il parle de cette femme qu'était alors encore Aline, on entend des violons.

***

Puis ils se sont mariés. Trois enfants sont arrivés. Puis la guerre que tous ont reçue comme un placard tombé du haut d'un hélicoptère. Puis les grandes églises criblées de balles, les ponts de la Seine comme cibles à détruire en priorité, les SS. Puis Oradour-sur-Glane, les messages radio codés. Le jambon attendu comme du miel, comme la dernière dose de morphine pour un interminable mourant. Le son des avions Messerschmitt, décochés par centaines. Les couvre-feux obligatoires. Le sucre vendu en secret. Le vin du Bordelais saisi par les officiers allemands. Le voisin, un dénommé Bertrand, fort comme une mule, qui a poignardé un de ces officiers perdus, un soir, sur le chemin reliant Lussac et Castillon-la-Bataille; son cadavre abandonné dans les fougères. Le gros Bertrand se vantant à droite et à gauche, les yeux ronds, avec les gestes de la véhémence, les gestes de la fierté.

Le Général de Gaulle dont on reste sans nouvelles claires. De Gaulle probablement déporté. Sartre et Duras qui n'ont pas du tout eu l'idée de songer à quoi que ce soit durant ces moments d'occupation. Mais alors pas du tout. Et dont on va parler dans les universités de toute la prochaine francophonie, les qualifiant d'intellectuels résistants. Des écrivains en sûreté, les mains propres, nourris, logés, sans enfant.

De Gaulle donc, puis cette étrange et imprévisible maladie mentale emportant peu à peu ma grand-mère.

Puis, pour unique réconfort, cette haine de Lucien envers elle. Ce mystère familial. Le moteur du désir de pépère Lucien. Le désir de foutre le camp de cette France et de ne jamais y revenir, pas même pour y être enterré. Aline comme un boulet. À qui on ne peut plus faire confiance en raison de son inconscient qui ne lui fait désormais faire que des bêtises. Aline qui va engraisser autant qu'une oie, qui va prendre une quarantaine de kilos. Qui va tout oublier, au point de mener à la presque ruine la dernière petite épicerie que Lucien tentait de remonter pour se remettre des désastres de la libération. Aline qui fait moins bien les comptes qu'un manche à balai. Qui omet de passer les commandes, qui se fait voler des litres de lait et de vinaigre. Assez pour finalement contraindre Lucien à tout vendre pour une bouchée de pain.

Ce mystère tout de même. Un incident qu'on ne questionne pas, un détail. Un événement intégralement dénué d'importance. La cause de cette haine, la haine du père envers la mère. Les commentaires cruels auxquels, à la longue, nous nous sommes tous habitués. La haine comme un simple trait de caractère. Comme si Lucien avait toujours traité Aline de cette façon. Comme si Aline avait pu accepter de marier un homme aussi méchant. Comme si le père, c'est quelque chose qui ne se change pas, un individu à qui on ne fait aucun reproche, particulièrement quand il nous a tous sauvés des horreurs de la guerre. L'animosité sans fond de grand-papa contre grand-maman. Cette drôle de haine, incompréhensiblement transmise à certains petits-enfants, aux cousins peut-être, à mon frère sans doute, à moi. À moi. La nature inexorable. La myopie précoce, une éventuelle calvitie, la maigreur des hommes de la famille, puis cet inconfort devant les femmes. Cette folie, puisée aux sources de ce secret laissé en Normandie. Ce secret comme seule et indestructible vérité. La France pour laquelle pépère n'a plus que des injures, des idées grises. Cette Normandie où il me faudra bien pourtant retourner, si je ne souhaite pas devenir aussi cinglé. La Marseillaise. Le quatorze juillet, le steak de cheval et les andouillettes. Éléments désavoués, ensevelis sous la terre de cette France. Et qui reviennent pourtant. Qui étaient là pour mon père et ma mère, entre mon oncle et ma tante Colette. Fidèles avec tout ce que seront les prochains Moutier du 21e siècle. Millénaire infranchissable. Piqués également dans le regard de la cousine, dans celui de la tante, presque aussi sereines que la grand-mère. Aline qui n'entend plus. Aline avec ses robes d'il y a quarante ans. Ses plus belles robes, sa petite broche taillée dans l'ivoire, son gros collier qui ne vaut plus un clou, avec lequel elle a demandé devant notaire d'être mise en tombe.

**

À peine relevée de la libération américaine, la France, qui aimait beaucoup faire la guerre, a un jour commencé à parler de l'Algérie. Les deux fils étaient alors âgés de quatorze et seize ans. De jeunes garçons tout neufs, bien forts et pleins d'illusions, bientôt conscrits par la nation. Des enfants que la France a expédiés dans le désert, sans trop broncher, pour aller défendre un carré de sable autrefois volé à ces cons d'Algériens. En 1954, les fils de milliers de Français sont allés mordre le sable de l'Afrique du Nord, un nœud dans l'estomac. Certains y sont morts. Mais on a oublié d'inscrire leur nom dans le dictionnaire Larousse.

Une fois au Canada, la famille a toujours su que c'était à cause de cette menace planant sur ce début des années cinquante que Lucien avait décidé de faire le grand saut. Pour ne pas que ses deux garçons soient appelés à partir faire la guerre contre l'Afrique. Pour la santé de mon oncle et celle de mon père, surtout, et aussi en raison de la petite épicerie déficitaire, dont on a dû se débarrasser en vitesse.

En France, beaucoup parlaient des terres canadiennes que l'on concédait aux immigrants de tous les pays contre une bouchée de pain. Des lots de bonne terre fraîche, pourvu qu'on y bâtisse quelque chose avant la prochaine année. Du moment qu'on y cultive des légumes ou qu'on y érige une enseigne de Mc Donald, la terre était à nous. On parlait aussi de Montréal et de ses tramways. Montréal, où les riches Anglais auraient sûrement des téléviseurs à réparer. Le Canada ou le Madagascar. L'Afrique ou l'Amérique. Du moment qu'on y trouve, par-ci par-là, quelques postes de téléviseurs grillés par deux ou trois courts-circuits.

C'est ainsi qu'ils sont arrivés. Sans meubles. Suivis de deux énormes malles. C'est ainsi, complètement pauvres, qu'ils ont été accueillis par les Sœurs de la Très Noble Charité Bien Ordonnée. L'enfance de mon père à tout jamais restée derrière : tous les petits amis, le bois où la bande allait jouer, le maître d'école qui foutait des baffes, les billes, la solidarité dans les bistrots, Verlaine, Doisneau, le train à vapeur tout neuf. Tandis qu'à Montréal : rien. Un monde à refaire. Quatorze ans, et tout un monde à réédifier. Quatorze ans, un logement pourri dans une rue Van Horne, près d'Outremont. Infesté de rats et de belles coquerelles bien grasses. Avant qu'Outremont ne soit aujourd'hui ce qu'il est. Avant que les Juifs ne descendent de Roxboro.

Très tôt, Lucien a acheté un petit terrain près de Pierrefonds. Et, au fil des téléviseurs qu'il allait réparer à domicile, ces énormes téléviseurs, aussi lourds qu'un piano, la maison s'est bâtie. Pièce par pièce, section par section. Aline pour les enfants. Aline comme un danger pour la sécurité des enfants. Et Lucien, le soir, qui ne la lâchait pas. Mamie l'imbécile, l'incapable, l'intraitable absurdité de femme. Mais Mamie que, paradoxalement, Lucien n'a jamais trompée, et ce en dépit des avances que des femmes seules lui faisaient lors de ses visites de réparateur. Lucien qui, depuis le tout début, n'a jamais cessé d'aimer sa conne de femme. Son Aline obéissante, nouée à lui comme seules les vertus de la culpabilité peuvent le faire. La culpabilité, et l'éducation assommante des années 20, brodées sur elle, forées au trépan jusqu'à ce que le cœur soit bien atteint.

Sous les ordres de Lucien, elle est allée faire des ménages dans des familles de l'ouest de la ville. L'enfer de la langue anglaise qu'elle n'a jamais pu se rentrer dans le crâne, elle l'a connu. Travailler religieusement, ne rien oublier, ne rien bâcler, ne rien piger aux nombreuses recommandations dont dépendra pourtant la maigre paye. Les nombreux coups de téléphone à Lucien pour qu'il traduise. Lucien, introuvable, braqué sur l'appareil d'une maison ou d'une autre. Bref, un triste boulot pour une immigrante. Aline se débrouillant comme elle le pouvait, en échange d'un montant d'argent ridicule; un travail inventé par Lucien, un peu pour les dollars, beaucoup pour la vengeance. Aline qui, malgré son idiotie, savait bien qu'au fond, tout cela ne servirait à rien.

***

Les mômes ont grandi. Tout le monde a vieilli. Aline s'est mise à tricoter des chaussons. Des caisses de chaussons, en silence. Roger Baulu le dimanche, la messe, les gaufrettes de pain d'épice, de moins en moins bien réussies.

Mémère n'ouvrait la bouche que pour parler de la France et de sa sœur Mathilde, mariée elle aussi à un fasciste de grande envergure. Quand elle prenait la parole, quand elle avait l'audace d'interrompre son Lucien, c'était pour exprimer les bribes d'une mémoire morte et enterrée. La mémoire psychédélique d'une inconnue. Un instant brusque. Elle seule avec l'inédit de son passé. Mémère dans un sourire, la Marseillaise dans sa voix, de l'eau salée au coin des yeux. Puis Lucien qui la somme de se taire : «Mais vas-tu te taire à la fin! C'est pas possible! Qu'est-ce que tu viens nous embêter avec tes histoires!» Mémère dans un petit sourire, mâchouillant son dentier. Et le reste de la famille, réunie autour d'un repas, qui fait comme s'il ne s'était rien passé. La mémère folle, que tout le monde accepte ainsi. Mémère sincère, mais tout de même parfois un peu sans-gêne.

Ainsi se sont accomplies les années. Un gentil diabète, quelques problèmes cardiaques mineurs. Une vie paisible. Quelque soixante-cinq ans de vie commune. Les noces de platine, célébrées dans le jardin. Ce grand âge qui ne permet plus de sortir bien loin. Qui ne permet surtout plus de prendre l'avion. Définitivement contraints à oublier la France : les noces de platine où il ne manque que le LSD pour en oublier le ridicule, les noces, noyées dans le Royal de Neuville. Les petits-petits-petits-enfants, manifestement peu touchés par l'événement, sans la moindre affinité à partager avec les cousins, pressés de partir rejoindre les copains.

Les vieux qui ne meurent pas. Quatre-vingt-dix ans. Bientôt quatre-vingt-onze. Le grand-père de plus en plus voûté. La mémère fabuleuse, qui fermente, immobilisée dans une chaise roulante. Cette chaise roulante au sujet de laquelle mon père s'est tant engueulé. Parce qu'Aline, bien avant l'arrivée de la chaise, s'y était déjà résignée. Et que ce sont des inventions pareilles qui font vieillir droit vers l'enfer. Cet instrument de la mort, dernière trouvaille de Lucien. À cause soi-disant de mémère qui tombait de plus en plus fréquemment dans le corridor, près du poêle à gaz, dans la baignoire, n'importe où. Et Lucien, incapable apparemment de vivre avec cette nouvelle inquiétude. Lucien au cœur fragile. Aline sans défense, condamnée à la chaise. Pas du tout impotente, encore tout à fait capable de se déplacer, de se tenir sur ses jambes. Mais la chaise. La décision finale et toujours irrévocable du grand-père.

Les autres enfants n'ont rien osé dire. Sauf mon père, exaspéré d'être le seul à être exaspéré. Pris d'angoisse devant sa mère qui, à partir de la chaise, ne fera plus que régresser, comme le font toutes les petites vieilles que l'on flanque dans une chaise roulante. La chaise roulante comme point de non-retour. Et les autres qui ne voient pas cela aussi dramatiquement. La vengeance en vérité, toujours la même, fusant de toute part. Cette envergure familiale, validée par le vieux père, revenue soudainement presque à la conscience. Un châtiment infligé à la mère. Comme si tout était de sa faute : le Canada, ce Montréal à moitié lâche, ces Québécois sans véritable envie d'exister. Et tout ce bordel de la pauvreté que la famille a enduré, le couvent pour la tante, gentiment offert par les Sœurs, une bouche en moins à nourrir. Toute cette France impossible à oublier. L'Algérie, certes, l'excuse. Mais Montréal, bien pire que l'Algérie. Pierrefonds, impalpable et intuable ennemie. Un Français parmi Les Plouffe, la langue anglaise, le hockey du samedi soir, menant une guerre contre l'abstraction. Et l'Algérie, enfin, comme des vacances au Club Med.

L'oncle, la tante, le beau-frère et la belle-sœur, les cousins assez grands pour émettre des opinions, bref, la famille; personne n'a protesté lorsque Lucien a placé le nom d'Aline sur une liste d'attente pour la faire entrer dans un centre d'accueil. La famille n'a malheureusement jamais eu la chance d'être aussi paranoïaque que mon père. Alors elle n'a rien dit. Aline non plus. Aline Moutier (le nom de ce mari géant), trente-sixième sur une liste d'attente du gouvernement.

Lucien n'a jamais eu peur de rien. Son cœur n'a jamais cessé de battre. Pas même une seconde. Il est allé jusqu'au bout, heureux, soulagé. Sans doute qu'à la fin,

Aline lui demandait trop d'attention. Depuis un an, deux infirmières venaient à la maison pour la laver, lui faire des shampooings et la garder belle. Peut-être à cause de la chaise roulante à laquelle elle était vissée depuis des mois et des mois, elle requérait maintenant l'aide de l'extérieur. L'orgueil du pépère, toutefois, craignant comme la peste bubonique l'opinion des autres, toujours dans la maison, n'accepta pas les infirmières.

Non. Même avec ses quatre-vingt-dix ans bien sonnés, il n'a jamais fait l'effort d'accepter les infirmières. Alors il a trouvé l'hospice. Une solution hors de prix. Tout ce qu'ils ont pu mettre de côté pour l'héritage des enfants qui bien franchement n'en ont rien à faire, l'argent gardé en cas de cataclysme, cet argent qu'ont tous les vieux du monde, tout cet argent va y passer. Quelque chose comme mille six cent dollars par mois. Aberrant même pour un riche. Aberrant peut-être, mais mon grand-père n'a pas hésité.

Un foyer pour les personnes non autonomes. Rien de trop beau. Aussi laid sans doute que l'étage d'un département de psychiatrie. Aline, lourde de ses quatre-vingt-dix ans, perdue, docile. Épuisée près d'une fenêtre donnant sur un mur de béton. Mémère qui jamais, au grand jamais, n'attendra la visite de qui que ce soit. La visite qui va sûrement y aller, de temps en temps, mais dont mémère va se foutre éperdument. Mémère perdue dans ses pensées confortables, presque sourde, presque aveugle. Transparente mémère.

Lucien, de son côté, toujours dans sa maison rabouté que les enfants, un jour, vendront pour la valeur du terrain, est déjà enclin à finir seul. Il aura poussé l'intempérance jusque-là, jusqu'à finir sa vie sans Aline, jusqu'à la considérer comme morte, jusqu'à ce que les trois enfants et les dizaines de petits-enfants la considèrent comme telle. Sa femme, son Aline, sa petite femme pour laquelle il pédalait soir et matin de Pont-de-l'Arche à Saint-Aubin-des-Elbeuf, avant que n'éclate cette putain de guerre, avant qu'Hitler ne se fâche une fois pour toutes et décide d'envahir l'État neutre de la Belgique; neutre au point de se faire avaler par les Boches en quelques heures, un jour de mai. Sa femme donc, la petite femme de Lucien, maintenant cloîtrée à tout jamais. Aline la criminelle.

27

Je me souviens d'une histoire. Un bout d'histoire
qui se précise encore. Au même titre que mon histoire
avec Marie-Hélène et ce récit élaboré autour des parents de mon père et de cette douce France incendiée,
des détails reviennent. Encore des détails : des mots,
des images, des odeurs même, celles de mon enfance,
des odeurs, des images et des bruits, entrelacés aux
mots entendus, dans un contexte autre; comme au
dehors de la vie que j'ai cherché à mener depuis. Des
mots qui reviennent à présent, à l'affiche dans toutes
les salles de cet hôpital Saint-Vincent-de-Paul où des
individus sans doute plus fous que moi me gardent
enfermé.

Des mots qui étaient là bien avant Marie-Hélène,
mais qui ont attendu tout ce temps pour revenir. Des
mots, des phrases entières aussi, complexes, que je
prononce un peu malgré moi, et qui changent ma vie.
Maintenant. Aussi forts qu'un vaccin contre la tubercu-
lose.

Ils racontent un moment de la vie de mon père. Mon père, quand il avait sept ans, un jour d'été. Mon père, Hubert, dispensé d'un avant-midi d'école selon l'ordre de son père, Lucien, alors âgé de trente-huit ans, environ. Toujours en Bourgogne, après la Normandie, avant la Deuxième Guerre et l'Allemagne nazie, avant l'inquiétante disparition du Général de Gaulle, bien avant la rébellion en Algérie, Hubert, à bicyclette, sérieux, attendant patiemment les indications de son père Lucien. Mon père, déjà complice de toutes ces choses qu'il ne comprenait pas.

Sa mission était simple. Elle consistait à quitter Seignelay avec sa bicyclette, à traverser le petit pont enjambant le Serein et à se rendre à Haute-Rive chercher de la crème. Rien de trop risqué jusque-là. Ce trajet, mon père le faisait souvent, plusieurs fois par jour, mais jamais à cette heure de l'avant-midi, à cause des heures de classe. Cette fois, Lucien avait besoin de crème, tout de suite. C'était une urgence, lui avait-il expliqué. Aussi, c'était une bonne raison pour manquer l'école. Une drôle de raison, certes, mais puisque toutes les raisons sont bonnes pour rater un peu d'école... Le petit Hubert allait donc devoir pédaler très vite, et revenir illico sur Seignelay, porter la crème à l'atelier de son papa. Seulement, sa course impliquait de faire un petit détour avant de revenir à l'atelier. Un petit détour rapide par le sentier. Rien de très compliqué. Emprunter le sentier afin de passer devant la maison familiale, où se trouvait Aline. La maison que mon père avait quittée au matin, mine de rien, en compagnie de son grand frère, comme à leur habitude. L'aîné, lui aussi complice, devant pour sa part se rendre à l'école sans dire un mot à l'instituteur au sujet de l'absence d'Hubert. Un billet signé du père dans les poches, à remettre en cas de complication. La maison située aux abords de Seignelay dans laquelle Aline, obéissante, s'affairait aux divers travaux ménagers. La maison derrière laquelle Aline, à cette heure de l'avant-midi, aurait dû normalement étendre le linge et les grands draps blancs.

Un petit détour, après avoir été prendre la crème chez Colombelle. Un petit détour afin de s'assurer que les soupçons de Lucien tiendraient le coup. Hubert devait passer à toute vitesse et vérifier si l'automobile de monsieur Cona était stationnée devant la maison. C'était facile : l'énorme voiture était rouge et ses roues, garnies de flancs blancs toujours bien propres. Hubert devait donc ramener la crème et l'information concernant la présence de cette voiture qu'il connaissait déjà.

Monsieur Cona était l'agent immobilier du coin. C'était lui qui avait déniché cette maison pour les Moutier, à un prix tout à fait raisonnable. Lucien lui avait fait confiance parce qu'il était très connu par les gens du village, de même qu'à Auxerre où il faisait, paraît-il, des affaires d'or. Cona, toujours bien vêtu, s'était installé au bureau de poste de Seignelay et, de là, il dirigeait la vente de la plupart des maisons de l'Yonne. Cona, conduisant sa grosse automobile rouge dans les rues du village, mieux vêtu en tout cas qu'un réparateur d'émetteur-radio. Cette maison, Lucien l'avait achetée à très bon prix. Cona, bizarrement, avait choisi de concentrer ses affaires à Seignelay, dans un recoin du bureau de poste où il s'était fait installer une ligne téléphonique privée. Seignelay plutôt qu'Auxerre, où les affaires, pourtant, étaient florissantes.

***

Il était tout juste 10 h 30 lorsque le petit Hubert revint à l'atelier, avec la crème commandée. L'enfant fut surpris de voir que son père l'attendait devant la porte, assis sur une caisse en bois. Il fut étonné que son père ait abandonné son travail un instant pour attendre sa crème. Peut-être voulait-il la déguster avec de grosses fraises sucrées et qu'à cette heure, fou de désir, il n'en pouvait plus d'attendre. «Alors petit, a-t-il sans doute dû demander à mon père qui n'était âgé que de sept ou huit ans à cette époque. Alors, est-ce que tu as vu la grosse voiture rouge de monsieur Cona devant la maison?

— Oui, je l'ai vue, elle était là, dans notre jardin.

L'enfant remit la crème et la monnaie. Il avait bien rempli sa commission. Il pouvait à présent retourner à l'école. Son père était content d'avoir la crème tant attendue, avec laquelle il allait enfin pouvoir napper les énormes fraises. L'enfant était tout simplement ravi.

Sauf qu'en levant les yeux vers son père, il comprit très vite que quelque chose n'allait pas. Il comprit, lorsqu'il vit son père se raidir, qu'il n'y avait pas de fraises fraîches. Nulle part. D'ailleurs, ce n'était pas la saison. Que la crème, au fond, n'était pas l'élément le plus important de l'histoire. Il comprit, en voyant le rouge saisir le visage de son papa, qu'un truc ne tournait pas rond. Il comprit, finalement, que son message en était la cause. À sept ans et demi, Hubert comprit l'importance pour son père de l'existence d'une automobile, stationnée sans permission dans le jardin de sa maison, là où devait être maman. Maman, vaquant à ses occupations de maman, ainsi que devaient le faire toutes les femmes mariées de l'avant-guerre.

«C'est bien, petit. Retourne en classe à présent, j'ai à faire.» Lucien ne rentra pas à l'atelier. Même qu'il laissa la crème sur la caisse en bois, en plein soleil. Sous le regard ébahi du garçon, il enfourcha son vélo sans prendre le temps de mettre le cadenas sur la porte, laissant la crème tourner sous le soleil. Il enfourcha son vieux vélo et partit par la rue Du Cadre, sans doute en direction du bureau de poste. Hubert, muet, n'osa pas retourner en classe tel que le lui avait dicté son père avant de s'enfuir, plein d'une colère dangereuse, encore jamais vue chez lui. Une fureur. La révolte dont se nourrit la violence. Le père, inquiétant, que les événements dépassent de plusieurs kilomètres. Le père, tout petit entre les maisons ceinturant son atelier, fou de rage maintenant, parti vers on ne sait où. Apparemment sans arme. Le père comme on ne l'a jamais vu.

Le petit ne rentra pas en classe. Hésitant entre la fierté du bon fils qui n'a fait que son devoir et la culpabilité, Hubert resta là, gentiment, à surveiller la crème pour ne pas qu'elle se sauve elle aussi. Il ne pensa à rien, comme savent encore le faire les enfants de cet âge. Il attendit le retour de son père.

***

Il me semble que mon père a attendu ainsi jusqu'en fin d'après-midi. Lucien aurait laissé se faire les choses entre Aline et cet enculé de Cona. Entre sa pute de femme, donc, et l'agent immobilier que tout le monde estimait au village. Au lieu de foncer vers eux pour essayer de les surprendre, Lucien s'est rendu au bureau de poste. Là, il a attendu que revienne Cona. Trois heures ont passé. Là, sans explications superflues, il lui cassa la gueule. Devant tout le monde, devant les dames faisant la file pour acheter des timbres, devant le secrétaire et le facteur, un dénommé Henri, Lucien Moutier lui flanqua la raclée de sa vie. Sans lui serrer la main, sans le saluer, il lui sauta dessus et cogna jusqu'à l'épuisement. Il ne le tua pas. Bien qu'il aurait pu le faire, par accident. Il ne le tua pas. Il le laissa vivre. Peut-être à cause de la guerre planant déjà sur la France, peut-être à cause de ses trois enfants qu'il ne pouvait pas abandonner comme ça, dans la guerre, pendant qu'il moisirait en prison. Peut-être à cause de l'imbécil-lité de sa femme qui n'aurait pas su s'occuper des mô-mes toute seule. Peut-être qu'il a pensé à tout cela, Lu-cien, avant de décider de ne pas tuer Cona. Peut-être qu'il y a pensé. Peut-être pas.

Toujours est-il qu'il rentra à son atelier les mains couvertes de sang. Et qu'il dit à son fils, nullement sur-pris de le trouver là : «Je lui ai donné son compte à Co-na», avant de bloquer le cadenas de la porte de l'atelier. Avant de rentrer chez lui se laver les mains, son petit Hubert à ses côtés, portant la crème de chez Colom-belle, sans dire un mot. Le petit garçon qui vient de tout comprendre d'un seul coup. Qui vient de voir la vie lui rentrer dedans à toute allure. Qui vient de voir son père, vient de voir sa mère ainsi que toute cette famille dont il fait partie; qui vient de voir les choses telles qu'elles sont. Ces choses qu'il s'empressera d'oublier. Ces choses, réduites à une histoire parmi tant d'autres, dépourvue d'importance. Demain matin, elles auront disparu.

***

Tous les détails de cette histoire, telle que je viens à cet instant de me la remémorer, arrivent à moi spontanément, sans que j'aie besoin de fournir le moindre effort. La crème de chez Colombelle, la couleur de l'automobile de Cona, le cadenas sur la porte de l'atelier, les draps qu'Aline devait mettre à étendre ce jour-là, je les invente. Je les invente, et pourtant ils s'imposent à moi. Ils arrivent de nulle part. Ils sont tout aussi nouveaux que cette histoire perdue à Seignelay. Et qui rappliquent, extraordinaires, en ce mois de mars de 1995, au plus fort de mes vingt-trois ans.

J'en déduis librement que la guerre de l'Algérie n'a jamais existé, ni pour mon père ni pour mon oncle. Tout cela n'était qu'une fausse excuse. J'en déduis cette prochaine haine de Lucien à l'endroit d'Aline, cette rancœur qui ne s'exténuera jamais, qui porte le corps d'Aline jusqu'au fin fond d'une chaise roulante offerte par le gouvernement, jusqu'aux confins d'un hospice dont les fenêtres s'ouvrent sur un triste mur en béton armé. Et ce fond de débilité mentale sur lequel s'est organisé le silence de ma grand-mère, Aline, qui, jusqu'à ce que mort s'ensuive, allait le regretter. Amèrement : le mot est faible; le terme, à ce point de sa vie, est dérisoire.

Cette histoire, je la relate sans rencontrer d'accroc. Je la raconte mieux que je ne pourrais jamais raconter ma présence ici, en psychiatrie. Sans embarras, parce que soudainement, tout me paraît aller de soi. C'est le début d'une délivrance, peut-être. C'est un point de départ, un endroit d'où je pars. Un endroit d'où je m'élance à nouveau, une prescription de somnifères en main, un séjour en psychiatrie derrière la cravate.

L'Algérie, c'était en 1955. Sans la découverte du Canada par mon grand-père, mon père et son frère Serge y auraient goûté. Mais sans l'infidélité d'Aline, le Canada n'aurait jamais vu le jour. Et les garçons, comme tous les jeunes Français de 1956, seraient partis faire du camping dans le désert. Au nom d'une fierté française, au nom d'un ordre à rétablir au plus vite. Un ordre, dans le désert, qui ne s'est finalement jamais rétabli. À l'image de cet amour dysfonctionnel persistant entre Aline et Lucien. Un amour pour lequel, cette fois, le Général de Gaulle n'a rien pu faire.

J'en déduis toutes sortes de choses plus sinistres les unes que les autres. J'en déduis du malheur, ce malheur endettant toute la famille, jusqu'aux limites de la vie la plus intime des petits-enfants qui ont suivi. Ces nombreux petits-enfants dont je fais partie. Ces petits-enfants, un peu bizarres, lorsqu'on s'attarde à les regarder d'un peu plus près. Tous pris de cette excentricité qui sait les rendre effrayants, quand on s'attarde à les regarder d'un peu plus près. Mais seulement quand on s'y attarde. Les petits-enfants, inaptes à devenir adultes.

28

Je me dirige vers la fenêtre de la salle de séjour. Je touche la vitre pour voir si dehors il fait chaud. C'est froid. Une vitre, c'est toujours froid de toute façon. Je crois que c'est la première fois en quatre jours que je me risque à regarder dehors. Il fait mauvais. La ville. Les automobiles. Les toits. Une vitre teintée, pour donner l'illusion d'un éternel mauvais temps. L'hôpital Saint-Vincent-de-Paul est situé en surplomb. Où que l'on se trouve à Sherbrooke, on le voit nous dominer tristement. De ses fenêtres s'étend la plus belle vue sur la région, avec la ville en premier plan.

Moi, j'ai de nouveau envie de lui faire la guerre à cette ville parfaite, une fois pour toutes. J'ai envie de la bombarder jusqu'à ce qu'il n'en reste plus rien. En un rien de temps, je détruis tout ce qu'il y a d'humain à des kilomètres à la ronde. Et pour finir, je tue toutes les femmes. Oui, toutes. Une par une. Je prends soin de n'en oublier aucune. Mais ce n'est pas suffisant. Je ne suis pas rassasié. Alors je tue tous les hommes aussi. J'entre dans un Mc Do avec des grenades et tout le monde y passe, surtout les enfants. Je supprime au-dehors, à défaut de me supprimer moi. Puisque les psychiatres me l'ont interdit.

Et je me tais. Et je laisse venir la pluie.

Je m'assois sur le rebord de la fenêtre, pose ma tête contre la vitre. Ma respiration forme un rond de buée devant moi. Le rond disparaît, puis revient. Je replie les jambes. Je me sens de plus en plus nerveux. Les autres malades sont à l'étage du dessous. Toujours pour les activités du matin auxquelles je n'ai pas encore l'autorisation de participer. Alors, je choisis la fenêtre.

Marie-Hélène apparaît devant moi. Je l'empoigne par le col de sa chemise. Je suis en train de la gifler. J'enfonce mon poing dans son visage et je ne peux m'empêcher de répéter le geste. Mon poing fermé, lourd de la force que j'y ajoute. De plus en plus vite. Il y a du sang partout. On essaie de me l'arracher des mains, mais impossible, je la tiens fermement. Je lui écrase la tête sur la base en faux marbre de la fenêtre. Je ne sais pas si j'aime ça, mais je sais que je dois le faire. Sa mère surgit de derrière les rideaux, je lui montre sa fille défigurée, ce que j'en ai fait, sans retenue. Les cicatrices qui vont rester. Et je ris, je ris à m'en déballer la gorge. La veine jugulaire se dénoue, elle me sort du cou et je n'en ai rien à foutre, parce que Marie-Hélène vient de mourir, que justice a été rendue et que c'est tout.

Je commence doucement à pleurer. Peu à peu, ma vision se brouille. Je pousse de petits cris. J'ai peur qu'on me remarque. Je file vers ma chambre où je m'écroule sur le lit. J'étouffe mes sanglots dans l'oreiller. Je m'assois, mais garde l'oreiller bien collé sur mon visage. Je remonte les genoux, pour le faire tenir. Je continue de pleurer. Je suis faible. Je me répands. Tout le temps, l'envie d'en finir, de comprendre un peu mieux pourquoi je ne fais que pleurer, de sortir de cette chambre, de cet hôpital, de cette ville, de cette région, du pays, pour le reste de ma vie, jusqu'à la fin du prochain siècle.

Le psychiatre me demande à quoi je pense ce matin. Il veut savoir si l'idée du suicide m'occupe encore. Je le lui dis. Je veux avancer, profiter de mon internement pour le faire. Seulement, personne n'a la certitude qu'un séjour ici peut faire avancer quoi que ce soit.

J'ai l'image de mon corps gisant dans son sang, sur le plancher de la cuisine de mon appartement, avec des ambulanciers partout autour qui s'affolent. Je réponds ne pas avoir songé à mourir. Pas depuis cette nuit. J'ai par contre envie de me faire entendre.

Mes journées se déroulent correctement. C'est ma vie à l'extérieur qui m'effraie. Là, dehors, je me suiciderais. J'angoisse à l'idée de retrouver les Graffs, Marie-Hélène, mon appartement que je dois épousseter avant de ne plus pouvoir y distinguer les meubles du reste de la vaisselle à laver; l'école, les amis que je n'aime pas, qui ne m'aiment pas non plus, la rue, la neige qui fond, l'escalier, le courrier, le souvenir franc de Marie-Hélène, des premiers temps où nous nous croisions dans l'autobus, à l'arrêt, dans la foule. Le dernier banc de l'autobus quand je faisais semblant de lire pour mieux la regarder. Sinead O'Connor, un reste de sauce à spaghetti qui moisit, un film de cul pour dernière sexualité possible, l'envie de ne pas déjeuner, mon père qui appelle le dimanche pour prendre des nouvelles, les trois romans que je dois lire pour un travail de littérature québécoise, les filles des bars qui ne changent pas, qui restent toujours aussi indépendantes; le soir qui revient, déjà, mon ordinateur, un corps encombrant, le goût, le goût, l'ineffable goût de crever. Ce goût que j'ai depuis l'âge de douze ans. Ce désir qui ne me quitte plus.

Je veux effacer ma vie d'avant. Sans médicament. Tout recommencer. Recommencer, ou donner un bon coup de pelle sur ce qui n'allait pas avant-hier, une claque à l'enfance, un coup de pied au cul de l'adolescence, de cette toute première petite copine aussi, que je ne reverrai jamais de toute façon.

***

Véronique, l'étudiante stagiaire en médecine que j'ai fait rougir l'autre jour, est venue plus tôt vérifier si tout allait bien avec mon cœur et mes poumons. Je l'attendais. On me prévient de tout, même des détails comme ceux-là. Elle avait les mains douces et froides. J'en ai profité pour la questionner. Son corps est mince. Elle avait mis une jupe courte et grise avec de longs bas noirs. On a parlé, un peu de moi, de Marie-Hélène, puis d'elle. Son copain termine bientôt sa médecine. Ils ont des projets, évidemment. Je ne l'ai donc pas invitée à aller au cinéma ce soir. Ç'aurait été pour rire puisque je suis enfermé. Je lui ai tout de même redit qu'elle était belle.

Je regardais ses jambes. Discrètement. Des jambes très belles. De vraies jambes, devant moi. Mais qui n'ont toutefois rien éveillé. Du coin de l'œil, je les reluquais. Je les savais belles, mais n'en avais pas envie. Rien à faire. C'était comme si je venais d'avoir quatre-vingt-huit ans. Pas d'érection. Plus envie des femmes, même des plus belles. Je n'ai pas de rêves, pas d'envies. Véronique m'a touché. Le cou, les poignets, le dos, le ventre. Une femme me touchait. Quatre jours que personne ne l'avait fait. Je n'y avais pas encore pensé, n'avais pas encore fait le calcul.

Quand elle est partie, j'ai ressenti un vide étrange. Une plaie qui se rouvrait. Je l'attendais. Elle est venue. La visite fut beaucoup trop courte. Tout est terminé.

Je réintègre mon état d'avant. Celui de l'attente. J'attends. Je ne fais que ça. Après Véronique, il y aura le souper. Dans trois heures. J'attends le souper, les plateaux, une nourriture chaude avec du thé empoisonné. Il n'y a plus que les repas et les téléphones.

J'ai demandé à François de ne pas me téléphoner aujourd'hui. Parce que chaque fois que le téléphone sonne, ici, et que quelqu'un vient me chercher, des frissons me saisissent. J'espère que c'est Marie-Hélène. Ce n'est jamais elle. Elle s'en fiche. Elle ne téléphone pas. Elle doit faire exprès. Elle sait que je n'ai rien d'autre à faire qu'attendre qu'elle sorte de sa torpeur. Elle fait comme si elle ne savait pas. Lorsque j'y pense, lorsque je pense à son silence, je la déteste. Mais je commence à m'y habituer.

Le cuir de mes chaussures s'assouplit. Sans lacets, le dessus se déforme. C'est de plus en plus difficile de se déplacer avec ça aux pieds. Je compte chaque carré du carrelage. Il est 17 h 24. Tous les autres sont alignés devant la grande porte vitrée. Ils attendent le chariot avec les plateaux du souper. Dernier repas de la journée, dernière étape.

Dans la grande salle, le téléphone sonne. C'est pour Conrad. Sa femme.

29

Je ne sais plus si je suis entré ici un lundi ou un dimanche. En fait, je ne sais plus combien de jours se sont écoulés depuis l'intervention rapide des policiers. Je crois que j'en suis à ma quatorzième journée, peut-être ma quinzième, peut-être ma cent cinquante et unième. Ça ne change rien au fond. Cette pause-santé que l'on me force à prendre coûte une fortune aux contribuables. Je n'ai pas fait le calcul là non plus. Je n'arrive pas à me rappeler le nombre de jours. Je ne saurai donc jamais quand célébrer ma première année de vie psychiatrique. À moins de demander à Madeleine de fouiller mon dossier. Mais c'est délicat. Au fond, je suis peut-être ici depuis seulement dix jours. Inutile de s'alarmer.

Je vois Madeleine travailler derrière la vitre. Elle fait du bon boulot, je crois. Autour d'une gigantesque table, avec les autres infirmières et les gardiens, elle rit. Tout le monde, de ce côté de la vitre, rit un bon coup. Je crois qu'ils sont en réunion. Ils doivent rire de nous. Ils doivent imiter nos mimiques, reprendre les phrases que Caroline ne cesse de répéter, les grossièretés sans limites de monsieur Fernand, plus dégoûtant de jour en jour. Ils doivent rire beaucoup, souvent. Pour vaincre le stress et les maux de dos. Ils doivent se forcer à rire, pour éviter le burn-out toujours planant. Pour éviter de faire grimper le coût déjà exorbitant des assurances.

Je pense à mon père que je n'ai pas encore eu le courage d'appeler. J'ai peur qu'il devine, même si ce n'est pas tellement son genre de deviner que son fils est enfermé à Saint-Vincent-de-Paul. Je sens qu'un peu de vieillesse est entré dans mon corps. Dans mon corps, dans ma voix, sur mes mains ainsi qu'au bord de mes yeux, des ombres, doucement, sont venues se déposer. Je dois ressembler à mon père à présent. Bientôt, j'aurai la tête de mon grand-père.

J'ai peut-être mis vingt ans à reconstituer cette folle histoire de ma grand-mère, mêlée très tôt à l'orgueil du grand-père. Cette histoire de la faillite des Moutier. Ça fait peut-être vingt ans que je suis enfermé. Marie-Hélène n'existe plus. Elle s'est finalement mariée, pour oublier, puis est morte l'an dernier, foudroyée par un de ces stupides cancers du cerveau. J'ai perdu toute notion du temps. C'est probablement ce qui s'impose en premier dans notre esprit, le jour où l'on s'apprête à devenir fou. Madeleine, en apparence, n'a pas vieilli. La peinture sur les murs n'a pas été refaite. Rien n'est différent. Tous les fous sont les mêmes. Il n'y en a pas de nouveaux. À première vue, je reconnais tout le monde. C'est réconfortant.

Je ne sais pas combien de temps cette histoire m'a occupé. Combien de temps pour retrouver Pierre-fonds, l'Algérie, l'étonnement chargé d'hypocrisie du reste des membres de la famille. Cette fausse stupeur devant la chaise roulante, arrivée comme par surprise. Cet étonnement lourd et jaune. Jaune comme l'hypocrisie. Combien de minutes pour replacer les événements. Combien d'heures, combien de jours et de semaines, avant de pouvoir revivre normalement. Débarrassé du goût sombre et âpre de tuer toutes les femmes; libéré, une fois pour toutes, de ce désir macabre. Ce désir pressant, revenant parfois de l'extérieur. Cette passion affirmée pour le suicide et tout ce qui s'y rattache.

Je suis hypothéqué par cette histoire familiale. Cette histoire que les cousins et les cousines ont su oublier mieux que moi. Cette histoire, pourtant, en réserve, en attente de quelque chose, hibernant en silence jusqu'à ce que tombe l'engourdissement, à la manière d'un germe de première qualité. Cette vérité que je suis seul pour le moment à avoir reçue en pleine gueule. Parce qu'il y a eu l'internement, le suicide calculé, raté. Parce que je suis tombé par hasard sur Marie-Hélène, sur l'université de Sherbrooke, sur Casuel et sa damnée Reine Margot, sur Roxane, enfin, et tout le reste.

***

Je vais marcher. Je marche, parce qu'il n'est que 15 h et que le repas du soir ne monte qu'à 17 h 30. L'étage est saisi d'un calme rare. Un calme postnucléaire. Caroline est enfermée, le vieux Fernand est à sa chambre, il fait la sieste, Conrad est posté devant la fenêtre et madame Couture s'est volatilisée. D'autres fous, plus discrets, sont éparpillés ici et là. Personne ne parle. Tout le monde attend. Le téléphone reste immobile.

Je ne peux faire autrement que de penser à la France de mes parents. Depuis ce matin, je ne fais que cela. J'imagine de nouveaux détails. J'invente des dialogues et des disputes. Je refais l'histoire de la France. Toute l'histoire, de Vercingétorix jusqu'à la naissance de mon père. Tout ce qui s'est passé là-bas, je le retrouve et me l'approprie. Mais je n'en fais pas ce que je veux. Encore une fois, les éléments s'imposent. Les mêmes éléments, revus et corrigés mille fois, puis, tout à coup, au milieu de tout, comme une souffleuse à neige en pleine Afrique précoloniale, Marie-Hélène. Marie-Hélène au Swaziland. Marie-Hélène, naïve, chez les surréalistes de 1919. Plastique, originale et belle, habillée d'humour noir, en pleins champs magnétiques : Marie-Hélène. Encore une fois partout. Même là, en parallèle à mon histoire. Marie-Hélène avec ses vertus de balle de ping-pong, même là. Impossible à intégrer, mais tout de même là, inscrite à cette orgie bourguignonne.

194

Elle est de trop. En France, au pays de l'Yonne où je ne suis encore jamais allé, Marie-Hélène est déjà là. Tout aussi baroque qu'une madame Bovary surgissant sans prévenir dans un roman de Dostoïevski. Comme une kalachnikov sur une liste d'épicerie. L'angoisse, soudain, se jette sur moi. Je peux savoir ce qu'elle fait là. Car sa présence ne me surprend pas. Je ne suis ni saisi ni stupéfait. C'est de l'angoisse. Ou peut-être une peur qui empêche de dormir, mais pas de la surprise. Il me faut à tout prix expliquer ce désordre. Même si je ne sais pas par quel bout commencer. Je n'ai pas la chance d'être sous lithium. Je suis seul, sans lithium, et je dois ramener Marie-Hélène chez elle, dans son appartement bien rangé de Sherbrooke.

La peur est grande. Mais je dis «oui». Sans savoir où cela va me mener. Sans savoir si c'est dangereux, au point de risquer de me faire mourir une fois de plus, je dis «oui». Je commence par tirer une chaise de la salle à manger, puis m'assois, pour ne pas tomber de trop haut. Je parle. Pas trop fort, question de ne pas me retrouver dans une chambre forte avant l'arrivée du souper.

C'est la peur qui me fait parler. Je cherche à me tenir compagnie. C'est une peur grave et cruciale. La peur qu'ont les enfants avant de s'endormir. Ce n'est pas la peur des monstres, encore moins celle des garde-robes restées fermées, mais une peur décisive. La peur de ne pas être certain qu'on va se réveiller demain matin, de ne plus jamais retrouver son frère et ses parents. Une angoisse de la mort, oppressante, que tous les petits enfants du monde devront vite apprendre à dompter s'ils souhaitent grandir un jour.

Je parle, tourné face au mur, pour éviter que Madeleine et les autres ne s'emballent. Je dis à peu près n'importe quoi, mais les mots qui montent ne sont pas neufs. D'autres mots s'élancent, puis je m'arrête. Quelque chose m'arrête. C'est Marie-Hélène. En forme de souvenir. Un souvenir pas très tendre, apparemment gardé enfoui sous une tonne d'autres souvenirs afin qu'il ne se réveille pas de si tôt.

Il y a Roxane. Je ne sais pas trop ce qu'elle fait là, mais c'est elle. Il y a Roxane, apparue en tant que personnage majeur. Roxane, puis, très vite, Marie-Hélène, dégringolant sans retenue dans cette affaire, représentée cette fois-ci en un élément encombrant. Je me souviens de tout. La stupéfaction me fait rouvrir les yeux. Je ne sais pas quoi faire de tout ce monde; j'en ai plein les bras. Marie-Hélène, Roxane, Aline et Lucien, burlesques au milieu de mon salon, puis Casuel, caché derrière un paravent, prêt à bondir à tout moment. Je me rappelle une drôle de soirée, une discussion inachevée, un truc complètement insensé. Je me rappelle, malgré le mal que ça me fait.

Je sombre à présent dans la quatrième dimension. La quatrième dimension vient me chercher. La perspective se dégrade, puis change de cap. L'hôpital Saint-Vincent-de-Paul n'est subitement plus le même. Plus rien ne coïncide avec la perception que j'avais des choses il y a trente secondes. Je ne suis pas fou. Ce n'est pas de la folie. Marie-Hélène est différente. C'est Marie-Hélène, encore plus ravissante qu'il y a trente secondes, qui m'apparaît différemment. Tout cela ne me dit rien qui vaille. Ce souvenir n'est manifestement pas revenu pour me rendre heureux. Il est tout le contraire d'un souvenir heureux. C'est un bloc de granit. La cause de mes prochaines syncopes. C'est un bloc de granit, coincé loin dans ma gorge, impossible à faire passer.

C'est comme si je venais de me réveiller d'une très longue nuit. Comme si on m'avait fait croquer dans une pomme empoisonnée et que j'avais dormi cent cinquante années. C'est comme si je venais de retrouver mes esprits depuis à peine deux minutes. Comme si on m'avait tiré d'une léthargie à coup de défibrillateur. Je ne sais pas si c'est un rêve. Je me sens absolument seul. Seul de cette solitude que l'on rencontre à cinq heures le matin, dans notre lit, quand un immense cauchemar nous sort du sommeil. Quand la circulation s'accélère, quand la conscience revient au grand galop et que les muscles se braquent tous en même temps; prêts à braquer n'importe quelle banque de n'importe quel coin de rue, même si ce n'est qu'avec un bout de bois.

Je suis étonné. Étonné de me rappeler le froid de ce soir-là. Le prénom de Marie-Hélène, toutes nos disputes et une nuit sans caresses. Une nuit pas comme les autres. Une nuit où je me suis dit que rien n'était vraiment si grave, où je me suis dit qu'on pouvait faire n'importe quoi, au fond, et que personne n'y verrait rien. Un soir qu'on pourrait facilement oublier, avec deux ou trois petits scotchs. Un soir sans importance. Une fois où j'ai dit des choses sans hésiter. Un soir où nous nous étions disputés pour la millionième fois. Un soir où l'on ne sait plus quoi faire pour que la terre cesse de tourner comme elle tourne depuis les dinosaures. Un soir où ça ne va plus du tout, ni pour elle ni pour moi. Où tout ce qu'il reste à faire, c'est de prétendre que l'amour, de toute façon, ne nous dérange plus. Un soir de vingtième siècle. Un soir où il fait froid.

Je me rappelle cette nuit. Cette soirée, puis cette nuit. Cette nuit où j'ai dit à Marie-Hélène, calmement, qu'elle pouvait se prendre un amant. Je ne sais pas pourquoi je lui ai dit cela. Peut-être pour m'excuser d'avoir sauté sur Roxane du jour au lendemain. Peut-être aussi parce que je n'avais rien d'intelligent à dire, à ce moment-là. Et qu'au lieu de me taire, j'ai choisi de parler de ma grand-mère. Aline, dans les années cinquante. Alors qu'elle était encore très belle et très légère. Avant le diabète. Avant le Canada. Aline, d'une beauté violente, circulant dans les rues du village; se transportant d'une porte à l'autre, comme si personne ne la voyait.

J'aurais pu aller lui casser la gueule à ce Casuel. Comme l'a fait Lucien, en 1946. Lui péter les dents de devant, et me sauver avec Marie-Hélène à Montréal. Au lieu de cela, j'ai cherché à me pendre. La différence est mince. Voilà pourquoi je ne l'ai pas fait. Je ne l'ai pas fait, d'abord parce que je suis un petit peu lâche. Assez lâche pour rater un suicide, par exemple. Mais surtout parce que ce soir-là, j'ai demandé à Marie-Hélène de faire comme toutes les femmes du monde. De correspondre à l'idée que j'ai de toutes les femmes du monde, même des musulmanes. Pour qu'elle me donne, enfin, une bonne raison de foutre le camp. En Afrique, en Espagne ou en France, mais foutre le camp. Et recommencer.

Je ne l'ai pas fait, mais j'y ai pensé. Je ne l'ai pas fait parce que je ressemble à tous ces gens qui ne font que penser à faire des choses, mais qui en bout de ligne ne font jamais rien. J'y ai pensé, je l'avoue. J'ai pensé à aller lui péter une bouteille de Southern Comfort en plein front pour régler la question. Mais comme je suis un peu lâche, comme je suis né au Québec et que je suis un peu lâche, j'ai préféré faire autre chose.

Je ne voulais peut-être pas envenimer la situation. J'avais peut-être peur de tomber sur un type deux fois plus gros que moi. J'avais peut-être surtout le sentiment que je n'y étais pas complètement pour rien. Et que ce sentiment, à ce moment-là, venait de se dissiper.

C'est une hypothèse. Seulement une hypothèse. Encore une fois, je ne pourrai pas la partager avec Madeleine, lui demander ce qu'elle en pense. Mais j'ai tout de même dit à Marie qu'elle pouvait se prendre un amant, qu'elle pouvait me tromper. Je crois que si j'avais raconté cela au psychiatre à mon arrivée, il m'aurait prescrit quatre ou cinq grands verres de pilules de toutes sortes à prendre avant les repas. Alors je n'en parlerai pas. Je ne ferai pas comme Conrad qui leur a fait confiance et qui leur a tout dit au sujet des inspecteurs gouvernementaux. Je vais essayer de le cacher. Je vais faire des efforts pour me redresser le dos, pour ne pas que Madeleine et les autres infirmières se doutent.

30

C'est la dernière chose tangible qui me fasse souffrir, cette dépendance à l'endroit d'un coup de téléphone de Marie-Hélène. Je me sens seul, malgré les fous qui m'entourent. Le putain de téléphone ne sonne toujours pas pour moi. Le téléphone, devenu aussi vital que peut l'être la télévision pour un maniaco-dépressif. Le téléphone, comme une église en plein désert.

Huit jours maintenant qu'elle n'a pas téléphoné. Je dois lui parler. J'en suis là. Je ne peux plus continuer, sinon. J'ai des questions urgentes à lui poser. Des questions qui s'entassent, comme on entassait les Nègres dans la cale des négriers autrefois, et qui s'entêtent à vouloir sortir. Des questions à évacuer, avant qu'elles ne pourrissent, avant qu'elles ne se mettent à sentir mauvais. Je dois voir Marie-Hélène, ou juste lui parler, pour ne pas devenir aussi moisi que monsieur Fernand. Monsieur Fernand qui, à une époque, devait en avoir, lui aussi, de ces questions à formuler. Ces questions lui gâtant l'intérieur.

***

Je me sens calme. Tout à fait calme. Je ne tourne plus en rond, ne regarde plus à la fenêtre. Depuis une heure, en toute tranquillité, j'écoute Sinead, les Cranberries, puis à nouveau Sinead, puis les Cranberries. Je devrais peut-être m'inquiéter de ce calme soudain, le dire à Madeleine pour qu'elle le note au dossier. «Pardon, Madeleine, mais je crois que j'ai la sérotonine qui se débalance. Et c'est pas très rassurant, voyez-vous, parce que là, je n'ai presque plus envie de tuer Marie-Hélène. Faudrait voir si vous n'auriez pas un peu de Zolof en trop, s'il vous plaît. Ça me ferait du bien. Voyez-vous, Madeleine!»

Un détachement dont je ne me départirai peut-être jamais plus. La patience de l'après-guerre, le détachement des Juifs d'Auschwitz devant la mort, impassibles, presque heureux.

Je ne vois plus Marie-Hélène en train de se tordre sous la démence. Je ne souhaite plus la voir mourir, du moins, pas sans l'avoir fait parler. Si par hasard Marie-Hélène venait à mourir, comme ça, frappée d'un éclair égaré du ciel, je crois que ma vie serait à tout jamais disjointe, cassée. Elle doit me téléphoner. Il me faut plus que jamais sortir d'ici.

31

Je ne vois plus Marie-Hélène. Je vois plutôt les femmes de mon enfance. Je me vois m'endormir. J'entends mon frère, quinze ans plus tard, se faire une cent cinquante millième ligne de cocaïne. Une histoire me revient. Encore un autre bout d'histoire, sur le chemin du retour d'un champ d'honneur. Un film jamais vu, une chronique. Quelque chose que je sais pourtant. Et qui me revient maintenant comme une lettre longtemps gardée cachetée, en cet hôpital psychiatrique. Au sein de cet hôpital intelligent. Je reste immobile, subjugué. J'attends que d'autres images s'allument. Voilà, c'est l'enfance. Un souper en famille donné chez le grand-père me rejoint. Il n'y a pas de mots. Il s'agit d'une impression. Je sais que je ne dors pas. Mes parents ont mis des draps sur le divan du salon, là où je suis couché. Je suis supposé dormir, mais il n'en est rien. Je comprends des trucs bizarres. Des voix s'élèvent. Pépère a bu plus de vin qu'à l'habitude. Et il parle. Droit, au bout de la table, comme toujours. Pépère au bord des larmes, annonçant des trucs incompréhensibles, en cette soirée de trêve et de rassemblement.

Je ne comprends pas. Je n'écoute pas. Je suis tout petit et je manque de curiosité. J'ai l'énergie, l'inventivité, l'envie folle de parler, mais il me manque la curiosité. Puis l'hôpital resurgit. Les fous se réaniment. Je ne sais plus ce que je fais ici. Ah! oui, Marie-Hélène. De moins en moins Marie-Hélène, cependant. De moins en moins les psychiatres. Peut-être Dieu. Peut-être la Sainte Vierge. Peut-être l'imbécillité finale. L'éclatement du moi, la dispersion de l'être. Un passage invivable. Mais non, c'est l'imbécillité. Forte et pleine.

Rien à faire. Je marche jusqu'à ma chambre. Sans me presser, je vais voir si quelque chose a changé de place, si par hasard les murs n'auraient pas été repeints depuis ce matin. La chambre. La pièce que je vais peut-être occuper pendant des mois, en prendre un jour congé et la revoir ensuite, dix ans plus tard. Cette chambre où je me sens libre. Où je serai libre à nouveau, dans dix ans, dans quinze ans, jusqu'à la fermeture de cet hôpital, jusqu'à ce que tombent les coupures budgétaires.

Je dois sortir. C'est la première fois, je crois, que j'ai cette certitude. Je pense maintenant les mêmes choses que Conrad. Je veux sortir, autant que les autres. Aussi fort qu'ils me l'ont presque tous exprimé la dernière fois, autour des plateaux. Sortir d'ici. Enlever Marie dans un kidnapping. Et partir. Fuir l'invivable menace d'une guerre inutile. Fuir vers Montréal. Parce que quelqu'un m'en a un jour parlé. Fuir la Grande Kabylie qui peut sauter à tout moment. Fuir l'Algérie. Prendre les enfants, même s'ils ne sont pas encore nés, et courir vers ce Montréal étranger dont tout le monde parle, à bord d'un bateau américain. Saisir le bras d'Aline, afin qu'elle ne puisse plus jamais revoir cet individu. À cause de la jalousie, une jalousie que je n'ai pas commandée. Une insupportable jalousie. Une peine énorme, magistrale. Une vie entière, et même davantage, pour prendre sa revanche. Une impressionnante souffrance, surgie comme ça. Laquelle, depuis le grand-père jusqu'à moi, n'a fait que grandir.

C'est la folie. J'ai l'intuition d'un soldat. Avec peut-être des cheveux noirs, des yeux noirs, des muscles forts. Tout le contraire de Lucien, mon grand-père. Un peu peureux, un peu collaborateur. J'ai de nouveau l'intuition, plus claire encore que celle de tout à l'heure, d'une fin de souper pendant laquelle il a pleuré. Un truc que j'ai oublié sans le savoir, pour préserver ce grand-papa de toutes possibilités de défaillance. Pour qu'il reste le guerrier, le courageux tueur d'Allemands, le traverseur d'océans, l'homme du Nord, souverain, millionnaire de son passé. Pour avoir un incroyable grand-père, fort de cette France d'où nous provient ce nom de famille un peu étrange, un peu difficile à faire écrire correctement. Sans «h» et sans «s» à la fin.

J'ai eu ce que j'ai voulu. Je me le suis fait tout seul, ce grand-père. Et, en prime, j'ai porté ce mystère. Comme j'ai porté cet inimaginable papi, j'ai porté avec lui les restes de cette histoire. Maintenant, je sais. Je sais que je ne vois plus Casuel apparaître brusquement dans tous les coins.

Je ne dois plus rien à Marie-Hélène. Marie, depuis une seconde, que je recommence à aimer.

32

Une hospitalisation. La tentative de suicide et l'hospitalisation qui s'en suit. L'infidélité de la femme que je n'ai pas vraiment choisie. Une femme très belle. Suffisamment belle pour ne rien offrir de plus. Les policiers dans la nuit, venus me chercher.

***

Je rencontre Madeleine. Deux fois par jour, elle vient me voir. Je lui parle. Deux fois par jour, trente minutes chaque fois. Le soir, c'est quelqu'un d'autre. Des fois Véronique, d'autres fois un type barbu à qui je ne dis rien. En échange du sourire de Madeleine, j'accepte de parler. Je ne lui dis pas tout. Pas cette fois-ci. Je ne sais pas comment lui expliquer. Je ne dis pas que ma grand-mère ne possède plus le corps de Marie-Hélène, le corps dépossédé de Marie la belle.

«Et puis, mon cher Maxime, comment se porte-t-on aujourd'hui?» Madeleine commence ainsi. Elle est de bonne humeur et c'est agréable. Ça va bien. Je n'ai pas encore pensé à me suicider depuis ce matin.

— Je voudrais sortir, Madeleine. Je voudrais voir Marie-Hélène. Je voudrais aller la chercher à Laurier-ville en autobus.

— Oui? glisse-t-elle, comme si elle faisait semblant d'être surprise.

— On dirait que j'ai plein de nouvelles choses à lui dire. Je ne peux pas les lui dire au téléphone. Sa mère me dit tout le temps que Marie n'est pas là. Elle me dit qu'elle dort, qu'elle est partie acheter du linge. C'est pas vrai. Je sais que c'est pas vrai. Elle me raccroche pratiquement la ligne au nez.

Madeleine ne s'excite pas.

— Bon. Et le suicide. Qu'est-il arrivé avec le suicide?

— Ça va. C'est plus aussi important.

J'espère qu'elle me croit. Elle ne fait rien, ne note rien. Ses yeux ne disent rien. Son visage garde le silence. Elle sait quelque chose. On dirait qu'elle sait quelque chose. Madeleine attend. J'ai l'impression que tout ce que je pourrais ajouter ne changerait rien. J'ai toujours été mauvais pour convaincre les autres de ce que je ressentais. Et là, surtout, particulièrement maintenant, dans cette chambre, sur cette chaise, assis devant Madeleine pour encore un quart d'heure, Madeleine pa-

208

resseuse; aujourd'hui surtout, je n'ai pas l'énergie nécessaire pour parler. Je suis fatigué. On dirait que j'ai
tout dit et que j'ai envie d'aller me coucher. Les minutes tombent entre nous, goutte à goutte, comme des
heures en été. C'est difficile. Comme des heures de plein
soleil, dans une voiture noire, sur une autoroute, pris
dans un imprévisible embouteillage, sans eau, sans radio.

Enfin, Madeleine dit quelque chose. «Tu sais que,
pour ça, il va falloir signer ton congé.» Je m'en contrefiche. Je ne sais pas ce que c'est «signer son congé», et
je m'en fiche. Mais je demande quand même pourquoi.
Pour parler. Pour ne pas que le silence revienne nous
prendre. Pour entendre la voix de Madeleine, pour essayer de savoir, en suivant ses intonations, si la science
psychiatrique pense que je fais bien. «C'est comme si tu
signais un refus de traitement.» Je vois. C'est pour les
assurances. Pour éviter que tout se termine une fois de
plus avec un procès.

— C'est un peu pour nous protéger, ajoute-t-elle.

— Mais pourquoi? Vous ne croyez pas que je suis
bon pour sortir?

— Je ne sais pas. À vrai dire, je ne sais pas. Je crois
que t'es quelqu'un d'assez renfermé, Maxime, et que
c'est pas tout le temps facile de savoir. À part ton ami,

t'as pas eu beaucoup de visites. On ne te connaît pas vraiment bien.

Je n'ai rien à répondre. Je n'ai surtout pas la soif de me battre contre un système. «Combien de temps faut-il alors rester quand on est quelqu'un qui ne parle pas beaucoup? D'habitude, c'est combien?»

Madeleine sourit un peu. Elle ne cherche jamais ses mots. Son métier, elle l'a au bout des doigts. Les fous n'ont plus rien à lui montrer. On ne lui apprendra pas à faire des erreurs en tout cas. «Ça ne s'évalue pas aussi facilement. Ça dépend. Il y a des différences pour chacun.»

Son discours sonne pareil à un paragraphe qu'auraient écrit des professeurs d'université. Et si Madeleine partageait les idées de cette bande d'Américains. Et si pendant tout ce temps, souffrant, sans me méfier, je m'étais livré à une pauvre infirmière humaniste. Je la regarde. Et c'est toujours Madeleine. La Madeleine du premier jour. Cette femme d'il y a quatre semaines, au moment de mon arrivée. Au fond, ça ne change rien. J'ai parlé; transporté par le sourire de cette dame, par les jambes de Véronique, sa peau froide, venue m'ausculter. Pour toutes ces raisons, j'ai bégayé l'histoire de Marie-Hélène au mois de mars. Par bribes, comme je l'entendais, je leur ai amené cette histoire au demeurant assez banale. Cette même histoire qui, à cette heure, préférerait me retenir parmi les fous.

Madeleine attend toujours. Visiblement, ma demande lui paraît irrecevable.

— Le docteur Hoche sera ici demain après-midi. On va te rencontrer pour voir ce qu'elle en pense. Ça te va?

— Ça me va.

Je dois me rallier aux décisions des grands psychiatres. Y compris à celle qui ne m'a pas vue une seule fois depuis le début. Elle n'a jamais levé les yeux vers moi. Mais c'est elle, le docteur Hoche, qui va décider.

— Ça me va, dis-je en pinçant les lèvres.

Madeleine prend sa tablette de feuilles quadrillées, se lève rapidement et quitte la pièce. Elle va aller s'enfermer de l'autre côté des grandes vitres. Durant la prochaine heure, elle va tout répéter sur de nombreuses feuilles trouées expressément pour entrer dans les glissières. Madeleine, à nouveau concentrée devant ma chemise, pour une heure plus ou moins, comme pour écrire un scénario. De son écriture, mon dossier se complexifie. Madeleine est une scénariste. Six heures par jour environ, quatre jours par semaine, elle raconte nos histoires. Des histoires de conquêtes, des histoires d'enfants. Des monstres planqués dans le placard et des oublis, des trous, des histoires pleines de trous. Des histoires sans le plus maigre espoir d'avenir et qui malgré tout ne finissent jamais. Deux mille cinq cents manuscrits, conservés dans les classeurs à clapets du sous-sol, pour les archives.

33

Normalement, les bénéficiaires ne signent pas pour obtenir leur congé. D'habitude, on ne nous demande pas notre avis. Le docteur choisit à notre place. Quand il est tanné de voir tout le temps les mêmes visages, s'il y a trop d'attentes dans les autres urgences de la région, parfois aussi quand on va mieux, il signe. Dans ces cas-là, il est le seul à prendre la responsabilité de notre sort. Le mien est incertain. Sauf que l'équipe accepte de me rencontrer après le dîner. Le docteur veut me voir. Je suis prêt. Je ne sais pas quoi lui dire. Comme hier, je suis sans mots. Je n'ai pas d'idées à défendre, rien de plus original que ce que je disais au moment de mon entrée. Ce peu de mots.

Le suicide. Absolument le suicide. Solution à retenir, toujours plausible, un choix éthique et banal, emportant les opinions publiques. Contre quoi personne ne pourra jamais militer. Il est probable que la seule opinion que j'arrive à garder, après tout ce qui s'est passé depuis la fin de ce mois de février : Roxane plus belle de jour en jour, avec mars et le printemps de toutes les dépressions, peut-être que la seule opinion que j'espère pouvoir garder est celle entourant le suicide. Le suicide à portée de main. Dans cent ans le suicide. Même là-bas, dans les territoires les plus reculés du monde, un jeune homme qui se pend. Un arbre, le terrain de jeu des enfants. Ce même arbre plus grand de cinquante ans, retenant sans effort le corps d'une femme que l'on connaît bien. L'inquestionnable suicide. Sans but précis, sans raisons prévisibles, la mort. Comme elle est arrivée chaque fois sur terre, bien à son aise, sans rien réinventer de ses vieilles stratégies. Efficace, plus forte encore que l'invention de Dieu. La mort. La mort, n'importe quand, qui nous choisit. Puis le suicide. La stratégie du suicide.

Je dois garder le silence là-dessus. Je sais que je ne peux plus tout dire de fond en comble. Dehors, il faudra mentir. C'est important.

Quatorze heures revient. Le docteur se dirige vers ma chambre. Madeleine vient me chercher dans la salle de télé. Je me dis tout à coup que je dois coûter beaucoup d'argent à l'Assurance-maladie pour le peu de délire que je produis. Cela va sans doute les inciter à me croire. C'est le genre de trouvailles de dernier recours, capables quelquefois de faire basculer la balance. Une idée de gouvernement. Mais la psychiatre ne dit rien sur l'argent. Madeleine est là. Elle me regarde, plus que jamais. «Eh bien voilà, je me sens bien. Je me sens mieux, je pense que je peux sortir.» J'arrive d'emblée avec ma demande. La nervosité me fait opter pour la franchise. La psychiatre, docteur Hoche, une pointe d'accent français dans la parole, prétend que tout cela est très bien. Elle le dit également à Madeleine. «Oui, c'est très positif, Maxime», reprend Madeleine. Le docteur Hoche garde le silence. J'imagine qu'elle réfléchit, et qu'elle parlera tout à l'heure. Madeleine poursuit.

— Il y a juste un petit problème. Enfin, un petit problème qui n'est pas si petit que ça. C'est qu'on a reçu un appel de la mère de Marie-Hélène avant-hier. Vois-tu, elle a appelé pour nous prévenir que tu avais conclu un pacte de suicide avec Marie-Hélène. En fait, elle a demandé de te garder avec nous. Elle a peur de toi. Elle dit qu'elle te connaît et qu'il faut se méfier. Elle affirme que tu es dangereux pour Marie-Hélène.

Madeleine me regarde. Je n'ai rien à dire. Je pense au mot «décontenancé».

— Remarque, ce n'est pas l'opinion de cette dame qui va nous faire décider, précise Hoche.

Je ne sais pas si elles attendent que j'argumente. S'il me faut prouver le contraire de ce que j'ignorais totalement jusqu'ici. Je suppose que l'appel d'une belle-mère ne pardonne pas. La médecine le sait bien. Un interurbain à 2,25 $ pour amener une telle idiotie. Pour qu'on m'attache enfin avec des sangles indestructibles.

Seul moyen de calmer ma colère. Seul recours depuis la mise au dépotoir des électrochocs. Un matelas à ressorts, tout aussi oublié que les années cinquante, rouillé, entre deux ou trois montagnes de déchets pleins de variétés. Des Himalaya de poubelles. Un matelas transportant autrefois le courant à toute vitesse. Un traitement dont je me serais bien régalé. Plus propre que les sangles autour du lit.

C'est sur un autre silence que se termine la rencontre. Hoche et Madeleine quittent la chambre. On ne me dit pas combien de temps il va falloir pour les rassurer. Pour être sûr que je ne suis pas un psychopathe-malade mental. Je n'ai rien dit parce que cela aurait été beaucoup trop compliqué.

Marie-Hélène n'a jamais dit ça. Seule une belle-mère débordante du vil sentiment de l'amour a les moyens de pondre un tel délire. Un délire de mère. Un délire de femme qui a évidemment tout sacrifié pour ses enfants, et qui disjoncte, le jour où le dernier de la marmaille quitte le foyer. Je vais donc devoir rester ici encore un certain temps. Même si Madeleine et le docteur Hoche affirment ne pas se fier à ce qu'a raconté cette bonne femme, je vais devoir rester. Des fois que l'envie me prendrait d'aller l'égorger. Une envie tout à fait légitime. Des fois que je recevrais soudainement une parole venue de Dieu, un message me dictant de partir pour Laurierville à bord du premier autobus. Pour arranger les choses à ma manière. Comme seul un fou sait le faire.

Je vais donc encore devoir attendre. Même si je n'arrive toujours pas à m'y habituer. Attendre d'être sauvé par je ne sais quoi. Attendre, tranquillement, dans ma chambre, sans trop faire de bruit, sans trop déranger le travail des infirmières. Je vais devoir recompter les lignes du plancher, une deuxième fois, au cas où j'aurais fait une erreur. Puis recommencer une troisième fois, et faire une moyenne dans le but de relever la marge d'erreur possible. Attendre dans un hôpital, comme on attend de recevoir une greffe. Une greffe de cœur. Attendre la mort d'un inconnu pour revivre à nouveau. Un cœur tout neuf, celui d'un homme du même poids, du même groupe sanguin. Attendre qu'un jeune se tue en automobile pour pouvoir aller retrouver Marie-Hélène. Attendre le week-end, là où les risques d'accidents de voiture sont à leur plus haut point. Attendre qu'un jeune se soûle la gueule dans un bar le vendredi soir. Attendre qu'il décide de quand même prendre son auto. Attendre qu'il dérape. Attendre qu'il capote. Attendre que l'auto rencontre un arbre assez solide. Attendre que le jeune se casse la colonne vertébrale, malgré la ceinture de sécurité, attendre que tous les cordons de la moelle finissent par céder un à un, et qu'il capitule enfin, le jeune.

Attendre d'avoir des hallucinations, pour passer le temps. Attendre jour et nuit que quelqu'un se décide à crever. Attendre un nouveau cœur. Un cœur de porc, à l'abattoir, au fond d'un seau. Un organe tout neuf. Tout prêt à aimer Marie-Hélène une nouvelle fois.

Mars 1995 — juin 1998
Sherbrooke et Montréal